U0029381

寂寞傀儡師

Dukkeføreren

by

Jostein Gaarder

喬斯坦・賈德——著

郭騰堅 譯

寂寞傀儡師

目錄

哥特蘭島，二〇一三年五月

親愛的亞格奈絲，我是要寫信給妳的。妳記得嗎？或者說，我總該試著寫信給妳。

我正坐在波羅的海的一座小島上，眼前是張小書桌，筆記型電腦擺在桌上。我在筆電的右邊擺了個大雪茄盒，裡面裝著協助我增強記憶所需的一切。

旅館房間夠大，讓我能夠在思索該如何開始敘述之際從椅子上起身，在松木毛地板上踱步。我只需要穿過一套沙發與茶几組；我時而經過位於桌面邊緣與兩張紅色手扶椅之間那張狹長的柚木桌，時而穿越桌子與紅色沙發之間那道同樣狹窄、宛如細長走廊的空間。

他們給我位於轉角的房間，能從兩個方向眺望戶外景色。從其中一面向北的窗口，我能俯望建於漢薩同盟時期的老鎮上橋梁密布的街道；從另一面向西的窗口，我能直直朝下俯看榆樹谷[1]，視野直探海面。天氣很熱，我讓兩面窗戶都敞開著。

我已經站了半個小時，俯望著經過我下方街道的人群；大多數人身穿洋裝、短褲或寬鬆的短袖上衣。典型五旬節[2]的觀光客。許多人樂於手牽著手、兩兩並肩而行；然而，也有幾群人數較多、嘈雜喧鬧的遊客。

我倒是可以破除關於青少年比我所屬年齡層的人更會吵架的迷思。只要中老年人成群結夥地出現、或是心裡有點不爽，他們會像青少年一樣煩人。

或者說，他們的本性和青少年一模一樣：看過來！聽我的！現在我們大家不是玩得很嗨嗎？

我們身上的人性，並不會隨著年齡漸增而消失；我們和它一同成長，它在我們身上只會更加明顯。

我對位於自己下方一層樓半街景的視角，很是喜歡；它是如此之近，我已非常接近那些路人。某些氣味向我撲來；人體也是會散發氣味的，無風的夏日，人潮洶湧的狹窄街道上，尤其明顯。此外，還有人拿著點燃的香菸；我感到香菸釋出的煙霧，直鑽進鼻子裡。不過，同時我離橋面的高度恰到好處，被我偷窺的人不會向上瞄，進而發現我。我站在一道藍色簾幕後面，半掩著身子；三不五時，一陣風突然襲來，窗簾被吹出窗口，搖曳著。

觀察別人，而不被別人觀察；我得以在離地面一層樓半的高度，享受這份特權。

我凝視著遠方閃亮水面的帆船；來自這扇窗，柔和的鼻息，偶而會使街窗的窗簾隨之飄動。

最近半小時以來，我已經留意到三艘帆船。即使只吹著微風，有時甚至幾乎寂靜無風，今天的天氣仍然燦爛；只不過，這並不是那種可以揚帆出海的天氣。

今天可不只是五旬節而已；今天可是五月十七日，國慶日。一想到這點，我就覺得有點憂鬱；這幾乎就像是在陌生人當中過生日。沒人祝你生日快樂，也沒人為你唱生日快樂歌。

這裡也沒人唱國歌。我連一面挪威國旗都沒看到。不過我倒是記得：旅館床上覆蓋著一塊布幔。它和積雪的格利特峰[3]一樣，都是白色的。我是說：紅色的房間、白色的床單，以及淺藍色的窗簾。這是為了標示挪威國旗。

為了標示日期，我同時註明：我振筆疾書之際，距我們在艾蘭道爾（Arendal）見面，已過了一個月。

另外，幾小時後，妳會來找派勒。我得說：你們真是一拍即合。

---

1 Almedalen，位於瑞典哥特蘭島；瑞典政壇各政黨黨主席每年七月第一週，會在該地向民眾舉辦政策白皮書發表會。

2 即基督教的聖靈降臨日，通常為復活節後第五十天。

3 Glittertind，海拔二、四六五公尺，挪威全國第二高峰。

在此之前，我們只見過一次面；那是一年多前，二〇一一年聖誕夜的前一、兩天。我試圖在這裡說明的，就是第一次見面的來龍去脈。妳要我為我的所作所為給個說法。我會盡己所能，回答這個問題。我也認為，趁現在反問妳一個問題，正是時候：

我是很孩子氣，但妳也留住我，不讓我掙脫、離開。至今，這仍是個令我百思不得其解的小謎團；那天下午，使人大吃一驚的，可不只有我而已。

我相信，圍桌而坐的所有人都可以簽字、證明這點；也許，許多人和我想的一樣：妳為什麼要阻止我？為什麼不讓我走？

可是，我該怎麼開始呢？

我可以按照時間先後順序，描述我在哈林達爾（Hallingdal）的成長，介紹我如何隨著時間成為今天的自己；或者，我可以反其道而行：我可以從一、兩件自己就在今天下午、在島上所體驗到的異象開始——畢竟，它們必須被包括在我的敘述裡——往前連結到我們一個月前在艾蘭道爾的會面，而敘事軸則要先拉回一年多前、那個天翻地覆的下午。亞格奈絲，那是妳人生中最沉重的日子之一。然後，我會將敘事軸完全帶回艾瑞克·路德因在二十一世紀初的葬禮。這樣的倒敘法，最後將歸結到對我孩提時代經驗的描述；這也許能開啟一絲理解，甚至能在書寫完畢後，得到諒解。

我們該怎麼做，才能最輕易地了解人生旅程呢？是應該從頭做總結，還是該從記憶最深刻、清晰的今天說起，然後再憶及一切的開端？第二種方式的弱點在於，人生中各環節之間，並不存在任何必然導致某些情境的原因。我們始終面對某些關鍵的抉擇；因此，從影響回推到原因是不可行的。

要想證明一個人怎麼會成為現在的樣子，是不可能的。許多人偏偏嘗試做到這一點，但充其量只是在自己的人性底下，多畫上兩條橫線罷了。

我又駐足窗前。風平浪靜，那三條帆船還在原地閒晃。我知道這是個很詭異的比喻，但是它們讓我想到我們三個——妳和我，還有派勒，一定會提到他的。

這很窘，不過一首主日學校老歌，開始從我腦海深處哼唱起來：我的船是如此渺小，而大海是如此寬廣……

我做出決定，要從這趟航程的中途開始說起。我要從我在艾瑞克．路德因的葬禮上遇見妳表哥開始說起。從這裡，我將跟隨幾條脈絡，它們將直接把我牽往約十年後、我們的第一次相遇。我在哈林達爾受到的創傷，就只能在另一條脈絡來談了。

我親愛的艾瑞克，我們摯愛的父親與岳父，我們慈祥的外公、爺爺和曾祖父

艾瑞克·路德因

生於一九一三年三月十四日
已於本日
二〇〇一年八月二十八日
長眠於奧斯陸

†

英博麗
姜—皮特／莉絲
瑪莉安娜／斯威爾
麗芙—貝莉／圖勒
西格麗，郁娃，菲列克，約華金與米亞
曾孫子女和其他家人

葬禮將於九月五日（週三）下午兩點舉行，地點在西歐克教堂[4]。
所有來參加艾瑞克葬禮的來賓，歡迎一同到禮拜堂，參加追思儀式。

艾瑞克

二〇〇一年九月初的一個下午，包括我們在內的許多人出席了艾瑞克・路德因的葬禮。我們當中，包括妳的表哥圖勒；因此，我從這裡開始敘述。十年後，我將再次見到他，以及麗芙－貝莉和兩個女兒。而那就是我和妳的初次見面。

先前，西歐克教堂裡，座無虛席；我們緊隨著棺木下到安葬地點。陽光灑落在樹葉上，卻也扎進眼睛裡；對幾個人來說，這真是戴上墨鏡的好理由。我腦海裡仍持續繚繞著合唱隊的歌聲、雄偉的小喇叭獨奏，以及醉人的風琴曲調。

棺木入土後，我們再度往上走回教堂與禮拜堂。以現在的季節而言，這時的天氣很溫和，也許有二十度。然而，太陽躲在遠處一朵雲後方；我們感到清爽的風從峽灣與盆地吹來。

4 Vestre Aker kirke，位於奧斯陸，建於一八五五年。

在一場如此盛大的葬禮上，要是你獨自一人在樹冠下踱步、不和死者的親屬有所互動，也不會引人側目。內部的核心，想必與彼此，以及彼此的至親有關；少數人只和往生者有關係，對其他弔唁者沒有義務、孑然一身，又怎麼會有人察覺呢？

然而，墓園裡有少數幾人，我之前曾遇見過；現在，我朝其中一人——以前的一個學生——點了點頭。不過，我們的關係從沒好過，所以我不需要搭理他。此外我也留意到那名身材高大、膚色偏深的男子；我以前曾在數個場合遇見過他。但是他不算數。他是多出來的，因此不算數。我想起，我曾夢見過他一次；那時他用一把長柄大鐮刀砍了自己。

教堂前方偌大的空地上，人們或揮手、或相擁道別；不過，也有人互相問候、自我介紹。其中最年長的幾個，坐在老早就停在空地上的車裡，等著被接送；現在，這些車總算一輛接一輛地發動，然後緩緩駛下已經擠滿黑服人潮、位於教堂旁的坡道。

我下定決心要參加追思儀式。訃聞裡是這麼寫的：「所有來參加艾瑞克葬禮的來賓，歡迎一同到禮拜堂，參加追思儀式。」我很清楚，在那裡和他人互動，會是沉重的挑戰；然而，我從沒想過臨陣逃脫。

教堂裡，我幾乎就坐在最前排、位於中央走道旁的位子；不過，我很自然地坐到了右邊，這樣一來我就能清楚地看見牧師；他走下台，和路德因全家四代人握手致意；先是寡婦英博麗．路德因，接著是三個年齡介於四十到五十歲之間、均由配偶陪同出席的子女。另外，孫子們與曾孫們都在座；追思會就此開始。

我試著猜女兒當中誰是瑪莉安娜、誰是麗芙—貝莉。我只知道，瑪莉安娜是大女兒；然而我很快就察覺，兩姊妹間的年齡差距很明顯，很容易猜對。麗芙—貝莉可能四十出頭；姊姊瑪莉安娜年齡則與我相仿，大約五十歲。長子姜—皮特坐在妻子莉絲身邊。姜—皮特、瑪莉安娜與麗芙—貝莉都是金髮，且高度呈現出手足間的相似性，而莉絲的髮色明顯較深，因此不難看出她想必是兒媳婦。我把牧師前來致意時，手牽手、坐在一起的瑪莉安娜和斯威爾歸到一塊。過了一會兒，我留意到：那名想必是圖勒的男子，正遞給麗芙—貝莉一條手帕。

接著就是年輕人了。我花了比較長的時間辨認他們；然而，當我們來到教堂外，我對這一環也有一定的掌握。我在網路上找到郁娃和約華金的照片——這要是發生在今天，我鐵定就能用臉書和Instagram，人肉搜索到這整群人的照片了。不過，訃聞至少讓我對年齡次序有了通盤的了解。因此，要依序排列出西格麗、菲列克、圖娃和米亞，也不是什麼難題。孫子女中，最年長的想必就是西格麗了；她也許接近三十歲，抱著一個三、四歲左右的小男孩。他們和一名男子坐在一起，想必就是孩子的父親。那名十五歲左右的少女，應該就是孫子女中最年輕的米亞，因為年齡倒數第二的是約華金。可能比約華金年長一、兩歲的圖娃是個少婦；要區分她和一名青少女，並不是什麼難事。

牧師握手致意的過程慎重到有點冗長；可是，年輕一輩中，誰是誰的姊妹、誰跟誰又是表兄弟姊妹呢？這一點，訃聞沒有什麼助益，因此我只能伺機而動。我也不去猜測各個孩子的父母是誰。追思會進行時，很多疑問一定會迎刃而解。

我放在上衣內側口袋訃聞的子女、孫子女名單上，用一句「曾孫子女和其他家人」收尾。總之，我無法得知年輕一輩中有多少人已有自己的子女，也因此不清楚老教授在世時見過多少名曾孫子女。可能只有一個，也可能有很多個。在許多語言裡，這點會標明得非常清楚，但在挪威語，凡是「房子」和「孩子」這種中性、且只有一個音節的單字[5]，一旦沒有定冠詞，我們在拼字上是不區分單複數的。此外，我也不知道教堂裡那些人彼此間是手足、姪兒姪女、姊夫或弟媳，更不知道他們是來自挪威還是瑞典，因為他們都被涵括在「其他人」的總稱之下。從訃聞中能獲得的資訊量使我大吃一驚；就在牧師朗讀悼辭時，又有幾道訊息的缺口填補上了。就像我猜的一樣，西格麗帶著一個快四歲的兒子，叫做摩頓；然而，西格麗和湯瑪斯還有個一歲的女兒，名叫米莉安。她就是整個家族中最小的成員。

牧師為這位於一九四六年秋天搭火車來到奧斯陸、已完成關於《埃達》古詩歌與馬格努斯·歐爾森[6]半個世紀針對北歐神話研究博士學位論文的瑞典籍獎學金得主的形象，描述得鮮明、活現。他在此遇見了英博麗，建立家庭；他先贏得大學獎學金，而後在大學內由講師一路升上教授，擔任歐語學教授多年。我所代表的，就是艾瑞克人生中的這一面。他的家人若問我問題，我會告訴他們：我是他的下屬，但我們除此之外也在多年來維繫著私人關係；逐漸地，我們成為相互信賴的密友。我最近一次見到他，已是許多年前的事；而那也是我們最後一次見面。

我努力避免成為第一批進入禮拜堂的人，但也不希望成為最後進場的人。我們一進去，那名高大、深色皮膚的男子便突然望向我；不過我隨即看到另一條通道，便閃到一邊。這樣做的處分就是：我也成了最後一批進場的人。

我從置物間上樓時，大多數人早已在小桌邊坐定；周圍有幾個人正忙得不可開交，替最後進場的人擺設餐具。我記得自己無助地站在外側；那時是圖娃起身向我走來，代表全家族詢問我有沒有地方坐。今天，我已經想不起自己回答了什麼，或怎麼被安排著；不過，我最後被帶到年輕人的桌旁坐定。圖娃和米亞各自占了桌子的短邊；坐在我斜對面的是郁娃，兩邊圍坐著菲列克和約華金。他們是她的表弟，都比她小，但年齡差距不大。兩人之中，菲列克較年長；我很快就想起他是讀法律的，而約華金在佛格貝里（Fagerborg）讀高三。我察覺到他們是西格麗的弟弟、姜－皮特和莉絲的兒子。我右手邊坐著麗芙－貝莉和妳表哥圖勒——妳對他知之甚詳，就不用我多介紹了。我很快就搞懂，他們是圖娃和米亞的父母，妳是看著他們長大的。我也馬上注意到，妳表哥額頭的右半邊有道舊傷疤，它是如此醒目，使

5 挪威語中的「房子」為hus，「孩子」則為barn。

6 Magnus Olsen, 1878-1963，生於奧斯陸的挪威語言學家。

我很快開始思索他到底發生了什麼事。總之，超過十年後，妳會告訴我這段故事。

且讓我在此插上一句：我很自然地留意到，妳在這裡被介紹給很多人認識，多到順序都分不清了。但是妳將會知道，妳會再次見到他們當中的每一個人。艾瑞克‧路德因葬禮後的這些年來，我其實在新的場合見到老教授所有的子女、女婿、媳婦和孫子女；不過不是像追思會那樣的大場合，而是多次和一部分人見面。因此，妳可以把我敘述中的第一章，視為對路德因家族最初步的介紹。至於我為什麼、以及如何再度見到所有人，且讓我先賣個關子。我不需要一次把話說完。此外，這也是不可能的。

這條人物列表，也絕非族繁不及備載。誰又知道，妳也許藉由圖勒，知道了這些人過去的名字呢？簡單地說，艾瑞克‧路德因有三個子女：五十開外的姜—皮特、稍微年輕幾歲的瑪莉安娜，以及四十多歲的麗芙—貝莉。正如我在此寫到過的，訃聞上也顯示了這樣的年齡順序。姜—皮特和莉絲膝下育有女兒西格麗、兒子菲列克和約華金；其中，我會再特別提到西格麗數次。瑪莉安娜和斯威爾僅有女兒郁娃，她也許二十來歲；最後這三個名字，會逐漸在我的敘事中扮演核心角色。除此之外，無可奉告。麗芙—貝莉的丈夫，也就是妳的表哥；正如妳在多年後向我傾訴的，你們從小就很親密，最近這幾年來，他的太太形同妳的閨密；他們的兩個女兒圖娃和米亞出世後，妳更伴隨著她們成長。九月的這一天、在外公的葬禮上，圖娃約略二十歲，米亞也許十五；不過，這一點，妳比我清楚。

我環顧一下群眾，發現人數絕對超過一百人。我從不相信自己會在追思會上如此接近家屬，而這也不是我的意圖。我預想的本是個更抽離的角色，和其他幾個獨行俠——像是艾瑞克・路德因的同事和舊識，也許還有個單身或已婚的姪子或姪女——同坐在會場最下方的桌旁。我對自己一腳踏入的處境感到厭惡。我打了個寒顫，感到胃正不安地翻騰。

即使桌旁所有人都穿著黑衣，路德因家族可一點也不像英國維多莉亞女王時期的虔敬主義者。洗練的緊身洋裝和最上等品牌的禮服，只是基本款。這天下午，年輕小姐對睫毛膏、口紅或指甲油，可是不惜成本，耳邊和手腕上閃動著金飾和寶石。我記得，第一次見到郁娃時，就留意到她了；她的鎖骨上窩著一塊青玉色的珠飾，和她的雙眼顏色雷同，形狀也極其相似，簡直就是第三隻眼。此外更使我甘拜下風的是桌旁的所有氣味；那是不同香水、古龍水和刮鬍水混合的味道，很是難聞。由於我獨居，對這種嗅覺體驗或許有點大驚小怪；在格普弗雷家中的廚房和浴室裡，就只有我自己的氣味。

家族的其他核心成員則在鄰桌坐定。西格麗、湯瑪斯與小摩頓、姜—皮特與莉絲——也就是這位年輕媽媽的雙親——坐在一起；大半時間裡，都是外公將孫子抱在懷中。坐在桌旁其中一側短邊的就是英博麗，一位頭髮銀灰、面容姣好的老婦人。再來就是瑪莉安娜和斯威爾；他們的女兒郁娃，是這個大家族中唯一的獨生子女。

這次我從近處看見瑪莉安娜和斯威爾，就被似曾相識感扎了一下：我見過他們嗎？如果有，一定是很久以前的事了。斯威爾的左耳耳垂鑲著一小顆紅寶石；這顆紅寶石有點特別，它也許喚醒了我的思緒，我見過它。當我的眼神投向鄰桌的郁娃時，就彷彿接近她母親年輕時、於我記憶中的身影。此外我也留意到，斯威爾有著濃厚的挪威南部口音——這倒沒什麼好驚訝的。不過，也許只是我的幻想罷了。我這麼一大把年紀，也算閱人無數了。

此外，這張桌邊還坐著年齡與教授子女相仿，年約四、五十的另外兩人，一男一女。他們說瑞典語；更確切地說，是哥特蘭島方言（也被稱為哥特蘭語），從那招牌般的雙母音就聽得出來。

∴

西格麗從主桌的一邊起身，拿茶匙敲了咖啡杯。會場人聲雜沓，因此效果不大。然而，西格麗清了清喉嚨、更加堅決地敲起一個高腳玻璃杯，並用高亢、清晰的聲音對群眾說話：

「親愛的家人們！艾瑞克．路德因親愛的好友和同事們，親愛的舊雨新知……」

再一次，我感到自己打著寒顫、腸胃很不舒服。我想，這下可糟了。然而，西格麗繼續說道：

「我是西格麗，艾瑞克的長孫女，也是姜—皮特的女兒；他坐在我右手邊，是艾瑞克的長子，現在懷裡正抱著最年輕一代的代表。它就是摩頓……**不，摩頓，現在先別鬧！現在，在外公懷裡坐好**……今天，我們由衷感謝陪伴艾瑞克走完最後一程的大家，我們也為各位如此踴躍出席追思會，致上最誠摯的謝意。我們先前希望出席人數能夠踴躍，但沒料到，會**這麼**踴躍。還有一位，今天無法與我們同在……爺爺若見到在座的每一位來賓，將會感到非常欣慰！」

一陣啜泣聲傳遍群眾間；然而，西格麗不為所動：

「現在，我們很快就要出菜了；大家一起用餐，也可以認識一下同桌的左鄰右舍。之後，將會開放讓各位致辭；不過，假如您有意致辭，請事先通知我，因為正如各位了解的，我受託擔任今天下午的主席。艾瑞克的追思會上，我們還會安排一些文化性的元素，那是不可或缺的。不過首先，我們會先供應香腸搭配酸奶酪、炒蛋、馬鈴薯沙拉、薄麵包、啤酒和礦泉水。我們不完全確定禮拜堂內是否允許飲用烈酒，但我們有準備一些。假如各位當中有人酒力好，而且年齡夠大的話……」

西格麗往下朝我坐的這桌投來一瞥，她或許是先盯著十五歲的米亞，但隨即就發現我這個外人。她繼續說：

「爺爺離開了我們，這是不幸、且令人傷感的。不過我現在要告訴各位一件奇特的事。我對爺爺承諾過，要向在座的每一位，以及大家問好。他自知來日無多，也說過自己多麼希望其中一名孫子女能夠擔任主持人。我最後一次和他深談時，他睜大雙眼瞪著我，說：那麼，主持人就是妳了。我點點頭。我是最年長的晚輩，而這一點，家人們也已達成共識。他說：替我問好。請記得最後一次，替我向所有朋友和舊識問好。

「爺爺在挪威定居了四十五年，這是我第一次聽他說瑞典語。我再次點點頭，也許還擦了擦眼淚。他又補充道：你們要引吭高歌！一定要好好慶祝。西格麗，辦場真正的派對；辦一場道地古北歐風格的葬禮！妳能向我保證嗎？

「我們願用他親口說的這些話，歡迎各位來到艾瑞克．路德因的追思儀式。您可以依據自己的時間和興致，決定要停留多久。我們整晚都能使用會場。」

一個裝著香腸、富麗堂皇的托盤端上了桌面；除了米亞以外的所有人，都從我們就座後就擺在桌上的酒瓶往杯裡斟酒。啤酒是溫熱的，不過不一會兒，一、兩個礦泉水瓶就被裝著冰啤酒的新瓶所取代，一名年輕人開始使在會場走動，供應阿夸維特酒。桌上並沒有擺出阿夸維特的杯子，不過那個年輕人拿個小購物袋裝塑膠製的烈酒瓶，隨時注意周邊是否有人想要喝烈酒。這項邀酒儀式是一項挪威特色，有著補充官方敬酒儀式的意味。在我們這桌，只有我和郁娃接受邀酒。

麗芙—貝莉抬頭望著我，友善地微笑著，說道：「西格麗給了我們一個任務。我們要認識一下同桌的左鄰右舍……」

她做了自我介紹，並介紹了自己的丈夫（也就是妳的表哥圖勒）、兩個女兒、姪女郁娃和姪子菲列克與約華金。她簡短提及各人的名字和出身；比如說，我就是在這時候知道菲列克學法律、而約華金正就讀高三。此外我也得知，圖娃在歌劇學院攻讀聲樂，郁娃則已完成宗教學的碩士學業。最後一項說明讓我雙耳有點發熱，也許像個被告知自己和醫生同桌、感到血液直奔太陽穴的憂鬱症患者；不過，我還是饒富興致地點點頭，裝出一副在這一刻對桌邊所有人的名字，以及大家和往生者的親近關係渾然不知的樣子。我是最後才進場的人之一，會被排到這裡，只是因為有多出來的椅子。我並不需要了解，自己就和教授最親近的家人坐在一起。

所有人自然而然地盯著我看。除了我，沒有人在某人受到簡介時，眼神在桌邊飄移、而後望著被介紹的人。其他人早就都見過彼此了。

「那你呢？」麗芙—貝莉最後說，露出溫和、富有包容力的微笑。

「雅各，」我說。或者，我本可以說「雅各布森」的。我絕少連名帶姓地報上名字：雅各・雅各布森；我彷彿痛恨這個深具喜感的名字似的！

現在，沒人追問我姓氏，但也沒人將目光從我身上移開。麗芙—貝莉又問起：「你是如何認識家父的呢？」

我提到：七〇年代，我是艾瑞克的學生之一——還加上幾句關於精彩的教學，以及當時學術環境下的一、兩則軼事評論——但他們繼續望著我，我得多說些什麼：「在我完成挪威語主科的學業、取得學位之後——或者說，是**北歐語**，那是系所和科目的名稱——我們仍然保持聯繫，定期見面，討論古日耳曼宗教，我對這些私人的談話自然是十分珍視……」

郁娃插嘴了。她是個美麗、情感豐富的年輕女性，有著敏感、近乎脆弱的外表。她說：

「**日耳曼**宗教？我們對此所知不多。我們有塔西佗和一周七天的名稱，不過這幾乎就是全部了……」

這已經轉為一場我並未預想到、針鋒相對的學術性對話了。先前我還想像著：我要成為自己所在的那一桌裡，唯一有相關學術背景的人。這種想像是從何而來，連我自己都不知道，但現在要打退堂鼓，還嫌太早；或者說，已經太遲了。

「妳外公是屬於舊學派的，」我說。「或者，就像牧師總結的：他就以大約半個世紀前、馬格努斯・歐爾森接管蘇佛斯・朴格[7]理論的方式，接管了馬格努斯・歐爾森的學派。」

郁娃點點頭。我將此解讀為某種接納，或許也是鼓勵我繼續說。

桌旁所有人聚精會神地聽著。

我說：「我努力讓艾瑞克關注喬治・杜梅茲[8]取得的重大突破。藉由杜梅茲的研究，我想讓艾瑞克的注意力轉向印歐觀點；我的意思是，印歐神話體系的神祇反映了社會上三種階級或地位。杜梅茲發現了奧丁與泰爾作為主神的關聯性——對應到吠陀宗教的伐樓拿與米特拉；持鐵鎚、職司戰爭的托爾，對應到吠陀宗教的雷神因陀羅，以及他屬下的金剛或伐折羅；最後則是華納神族，也就是尼約特、夫雷和芙雷雅；祂們是豐收之神，對應到吠陀宗教的孿生神，梨俱吠陀和雙馬童。杜梅茲在印歐語系各地理區內，到處發現這樣的類比，包括了古波斯宗教，以及希臘、羅馬、日耳曼文明的根基……」

郁娃露出深思、近乎惱怒不悅的神情，這讓我想到自己最近在「傳說」電影院看過一部電影裡的蕾妮・齊薇格[9]。不過幾秒鐘前，她雙頰還掛著微笑。剛才，針對我對她外公在學術史上的定位，她還贊同地點頭、眼中閃動著神采，然而現在，她反駁了：

「杜梅茲對宗教史研究所做出的貢獻，無疑是很振奮人心。但是今天，他應該屬於舊學派；其實，他不是宗教學家。他是語言學家，語言學……」

我點點頭。

「就像艾瑞克．路德因和馬格努斯．歐爾森，」我說：「針對妳正在探討的，語言學家恰好可以作為宗教史的眾多出處之一。包括人類學在內的書面文獻有所不足時，比較語言學在許多場合都能引領我們更進一步。多年來，妳外公艾瑞克和我在我們的私人談話中，有許多雙向交流。我成為講師後的很長一段時間裡，我們繼續見面、一同吃午餐；許多年來，我常待在他位於賓德的辦公室裡，深入了解杜梅茲對北歐文本的解讀。我們曾繞著蘇格奈灣散步多次，繼續在綠茵間對談。即使我最後成為高中講師——而我對自己未能在學術界更上一層樓，也不以為恥——但我內心從未真正忘懷學者生涯。也正是那陣子，妳外公和我單純出於興趣，開始讀一點梵語。我們讀《梨俱吠陀》，也曾多次埋首研讀三語版本的《薄伽梵歌》。北歐語和吠陀語是一體兩面，或者說，至少是同一棵樹上的兩根樹枝；它們的確是各自生長，但總在同一棵樹上。」

7 Sophus Bugge, 1833-1907，挪威語言與文學家。

8 George Dumézil, 1898-1986，生於巴黎的法國語言學及宗教學家。

9 Renée Zellweger, 1969-，美國女演員。

我相信這說得通。郁娃臉上的表情就像一本翻開的書，她點點頭，不過神情仍有些警戒。這時我並不清楚：路德因不只是她的外公，更是她在學術上的導師。

她說：「你使用了『日耳曼宗教』這個詞。你是否能更確切地說明，你和外公都聊些什麼？他從未向我提過杜梅茲的事。但你們談到馬格努斯．歐爾森，而你們從未離開安．霍茨馬克[10]關於《巫婆的預言》的教學，或是她為P．A．孟克[11]眾神與英雄列傳提供的眾多激勵想法的註解——包括一、兩次引用你剛才提到的那位法國大師。」

桌邊的好幾個人已經開始轉移注意力。菲列克和約華金在和他們的表妹米亞談話。他們一定覺得：這個被分配到家屬桌唯一空位的老學生，已經開始占據過大的空間了。

但是我挺直腰桿，直視郁娃，說道：「我們討論奧丁。我可以想見，以日耳曼、甚至印歐觀點所寫成，關於奧丁的博士論文。很多跡象指出，奧丁、或者說奧坦，可能和如尼石碑[12]一樣，都是日耳曼文化的共同產物，而且年代至少一樣久遠。」

「很好，」她說。「至少從北歐的立足點來看，我是說，同時從**歷史的**立足點來看，奧丁**是個**引人入勝的現象。關於他，鐵定還有很多可以寫的。你怎麼放棄了呢？」

我說：「杜梅茲將這個日耳曼語系的眾神國度，和吠陀宗教的伐樓拿歸為同一類型。此外，他也指出伐樓拿和希臘神祇烏拉諾斯在語源學上的關聯性。」

郁娃點點頭：「這是眾所週知的；但也很可能是虛構出來的……」

但我不讓自己停在原地。我說：「而他將奧丁的**如尼文字**，連結到伐樓拿和烏拉諾斯。」

郁娃露出微笑：「這我知道。這全是鬼扯。我希望你避免用印度教做隱喻。不過，有時候區分一下鬼扯和經典，還是很重要的。」

她將更多啤酒倒入杯中，凝視著桌邊其他人，露出微笑；笑得很真誠，卻有點耐人尋味。麗芙—貝莉想必已經察覺：我有夠窘的。她怎能料想到，這個學生會在快三十年後出現在教授的葬禮上？我不知道她針對這件事已經向妳說了什麼，不過，現在她轉身面向我、帶著調解般的眼神，以幽默的口氣對我說：「郁娃總是比較有自己的看法，她就跟平常一樣，不會迴避和老師吵架。」

郁娃像是沒聽見這句評語似的微笑著。她就只是繼續微笑。

我不喜歡這個角色：一個被年輕氣盛的研究員逼到牆邊的中老年學校教師。她對我來說是個很有份量的談話對象，這反而讓事情變得更棘手。但是，我仍帶著面具。我的目光並未飄忽不定，但也沒有正視我的對手，反而瞥向她鎖骨上窩那青玉色的珠飾。而這第三隻眼，卻至少和另外兩隻一樣銳利，它使我感到更加謙卑。我猛然想起，那一定就是奧丁的其中一眼；祂把它放在米默爾泉[13]裡了。

伐樓拿和如尼石的主神奧丁！這太白癡了！我自己可從來不相信這個理論。自從我還是

---

10 Anne Holtsmark, 1896-1974，挪威語言學家。

11 P. A. Munch, 1810-1863，生於奧斯陸的挪威史學家和語言學家。

12 Runestone，意指刻有如尼文字、於西元四至十二世紀出現在北歐（瑞典尤甚）的巨石。

13 Mimes，北歐神話中的智慧之泉。

哈林達爾高中的學生、向挪威語老師借了杜梅茲的《日耳曼諸神》丹麥文譯本以來，已經快過了四十年，那時候我就驚覺到：這位優秀的法國人，對一些語源學上的考證有點不怎麼嚴謹。

我想到一句老話：「要是有時間就好了！」

要是我有時間，我本來可以一路成為優秀的語言學家的。

我坐在這裡，而在座也只有我知道，自己其實是優秀的語言學家；印歐語系的語源學，更是我專精之處。自從青少年時期，研究字詞的起源就始終是我的嗜好。僅有在七〇年代的一段短時間內，我才涉獵杜梅茲和神話研究。顯然我本該對中世紀的宗教史抱持開放的態度，可能會讓我踏上截然不同的道路；我感到自己就像逐漸老去的建築師索爾尼斯[14]；而郁娃就是年輕、無所畏懼的房格爾小姐。

我好想念史柯蘭多。亞格奈絲，妳是見過他的。就算這位三眼的宗教學碩士，其中一眼是從奧丁身上摘下的，彼德・艾林格森・史柯蘭多永遠不會服輸。派勒老愛講話，談到這類印歐文明的類比時，他鐵定很想把我和郁娃都駁倒。不過他不在場，所以也幫不了我的忙。

最善良的史柯蘭多先生就算不是我唯一的朋友，也是我最好的朋友；但是我從不邀請他到這種場合來。他完全應付不了這種場面。也許，他會手足無措。因此，我在這裡除了自立自強，沒有別的選擇；要是有機會，或許我還能稍微報復一下。

西格麗敲著玻璃杯。我發現，坐在我左方、餐桌短邊的圖娃趁機掏出一面梳妝鏡和一條紅色唇膏。

西格麗先望向群眾，再將目光定在英博麗身上，說：「奶奶，妳是爺爺生命中的砥柱。爺爺愛妳。我相信，他將妳視為**挪威女神**的化身，而他用自己的生命，締結與妳的關係。我們是妳的至親，知道他用兩個名字稱呼妳；英博麗只是其中一個，另外一個是來自亞恩．蓋博[15]所著《高地仙女》的女孩暱稱，薇絲摩。他在撫摸妳的頭髮，或只是當妳在房間裡、渴望親近妳時，用暱稱稱呼妳。然後，他會朗誦：

額頭下方，低垂著
一對美麗的慧眼；
彷彿是妳，凝視著
另一個家，將它望穿。

圖娃，為我們獻唱《高地仙女》吧。請！」

圖娃走上會場前方的小舞台，唱了由愛德華．葛利格譜曲、摘自蓋博詩選的三首歌曲。

---

14 Solness，挪威劇作家易卜生（Henrik Ibsen）於一八九二年所完成作品《大建築師》的主角。

15 Arne Garborg, 1851-1924，挪威作家與編輯，著有《高地仙女》。

她先唱了西格麗所引用的《薇絲摩》，然後是使人欣喜的《藍莓山壁》和《小鹿之舞》。歌聲婉轉而美妙。

在藝術歌曲獻唱之後，同桌的人各自聊起不同的事。菲列克與約華金開始和麗芙－貝莉與圖勒討論政治。我感覺他們分別支持進步黨和工黨。我則用講師般的口吻，和圖娃聊起《高地仙女》，隨後並談到薇絲摩再度現身、具有末世啟示錄性質的敘事詩《在冥界》。

在《高地仙女》中，薇絲摩有預見未來的能力，能見到冥界民族和主管農業豐收的精靈；在敘事詩的續集裡，她縱橫冥界——或者說，死者的國度。我提到「hulder」和「Hel」這兩個字——就是北歐神話冥府的名字，亦是統治冥府女神的名字——最終都能回溯到印歐語系中、意為「隱藏」的字根。北歐語言的字根是「hylja」，反映在「書架」（hylle）或「包圍」（innhylle）等單詞上。

郁娃將雙耳磨得雪亮、聆聽著，而我這些話也是說給她聽的，或許我還想著要藉此報仇呢。不過我繼續對著圖娃說話，內心深知，那三隻青玉色的眼睛，正隔著桌面瞪我：

「我們在歐洲探險故事和傳說中，在母親豪爾妲（Hulda）或霍爾（Holle）夫人身上觀察到『樹女』（Huldra）的角色；這和歐斯畢昇與摩耳關於《勤奮養女和懶惰養女》的傳說故事屬於同一類型。此外，挪威語中像是偷藏贓物的『窩藏者』（heler），或『頭盔』（hjelm）和『外殼』（hylster）等單字，都和它們有關係。但是，這樣的單字存在於整個日耳曼語區……」

郁娃對負責阿夸維特酒的男服務生招招手。結果，我和她又各領到滿滿一杯烈酒；第一杯酒早已安心下肚。此外，我還感覺到它就像一針維他命、有助於提高記憶力。

圖娃正洗耳恭聽；但現在，郁娃也想要加入。她並非不友善，只是在開玩笑：

「你該不會又要告訴我們，古吠陀宗教裡也有樹女吧？」

她露出微笑；我跟著她一起微笑，但目光繼續停在圖娃身上。

我說：「這並非不可理喻。拉丁文的celare一詞，意思是隱藏某樣東西、或瞞住某個人；由此衍生出英文裡的conceal，它和挪威文的『囚室』（celle）、「地下室」（kjeller）有關，而印歐語系的字根就是* kel-。印歐語系的同一字根還衍生出日耳曼語言的一些字詞，像是泛北歐語言的hgll、挪威文和英文的hall，以及德文的Halle。同一個字根也出現在okkult或okkultisme，也就是某個神祕，或被藏起來的東西；希臘文的動詞kaluptein意謂掩蓋、藏起某樣東西，『啟示錄』（apokalypse）意謂揭露或顯現，也證實了這點。」

說到最後一點的同時，我望向郁娃，因為我們又回到宗教史的起點了。她臉上重新泛出那種被冒犯、蕾妮·齊薇格般的眼神，哪怕我望向她時，她便卸下那個表情。她說：「但在希臘或印度神話裡，我們沒能找到和樹女在語源學上相關、富有神祕色彩的女性形象呀？」

這個問題很難，而我找不到理想的解答，因此我必須再想想。有那麼一秒鐘，我強烈地想著派勒。對所有這種事情，他的記性遠比我好，他從不需要喝上一杯，就能想起額外的細節；現在我猛然想起，這也許只是因為他非常自制、有紀律。他似乎就在這個房間裡，已在我耳邊低語幾句：

「當然有！」我說。「希臘的山之精靈Kalypso（卡呂普索），其實和樹女有語源學上的關聯，這個字的意思是掩蓋、隱藏或藏匿，最後又回到和樹女相同的印歐語系字根。」

郁娃舉起烈酒杯，放到嘴邊；她一飲而盡，我也得展現騎士風度，同時跟進。我們並沒明說要乾杯，但現在，我們算是乾了一杯了。

郁娃玩笑般地向全桌的人宣布：這個男人不是博學多聞之士，就是吹牛大師。

那是智慧型手機出現前的年代。今日，這位年輕碩士得主的但書，已經失去其必要性；我們已不再討論這種和客觀事實有關的問題。要是我們在復活節連假、針對某件事有歧見，我不需要等上一整個星期來釐清。我們會用Google搜尋。在我們的年代，針對關於學科性質的歧見，不消幾秒鐘就能解決。

西格麗再次敲敲玻璃杯。現在拾起梳妝鏡的則是郁娃。「摯愛的親朋好友：艾瑞克一輩子都沉浸在北歐神話世界觀、沉浸在一度存在於諸神、巫術士、亞薩神族和巨人族之間，脆弱的權力平衡關係當中。為了彰顯這一點，在開放大家自由發言、發表私人性質談話之前，我們要獻上一段新的文化表演。郁娃姪女，請上台；妳提過自己願意為我們朗誦《埃達》[16]詩篇中氣勢非凡的《巫婆的預言》，我們洗耳恭聽。」

郁娃登上舞台。她首先簡短地介紹了這首詩；描述詩篇的口傳起源時，她將其定位在基督教影響力漸趨穩固、明顯影響到日耳曼新異教運動的維宗時代末期。她為最欠缺相關知識的門外漢說明：Voluspa的意思是《巫婆的預言》，而要求巫婆展示啟示錄般末日景象的，正是奧丁。當她說出「啟示錄」時，她斜眼朝著我投來一瞥，很快地微笑了一下。

我從座位望著這關於遠古世界的戲劇性表演、詭譎複雜的陰謀、末世、滿是荒蕪田地的新世界；郁娃和巫婆的聲音合而為一，成為更崇高的存在。

我為之深感著迷，陷入癱瘓。

所有聖靈，來自海姆達爾上下的子民，請傾聽我：戰死的亡靈之父，祢命我道出記憶中的古老傳說……創世之初，育米爾[17]肇建大地，不見沙地、湖海或清冷的浪濤；沒有土地、沒有蒼穹，只有那寸草不生的金倫加鴻溝……

一陣如雷的掌聲後，郁娃回到桌前。菲列克和約華金先後擁抱她，我則只說了一句：太精彩了！

這位頗戲劇化的少婦眨了眨眼，又要了一杯阿夸維特酒，然而我謝絕了。郁娃已不再需要以敬酒來維護自己的榮譽。這回，她也是舉杯、一飲而盡；我感覺麗芙—貝莉從旁推了我一下，想是悄悄告訴我：「現在你知道郁娃是何許人也了吧！」圖勒坐在妻子的右手邊，因此我沒看到他臉上的表情。

16 Edda，又譯為「詩體埃達」（The Poetic Edda），為記敘北歐傳說與神話的詩篇。

17 Ymer，北歐神話中之巨人。

周遭，我看見、聽到瑪莉安娜（郁娃的母親）和嫂嫂莉絲之間的交談。莉絲用道地的卑爾根口音說：「她簡直像寓言一樣神奇！太感人了！」

「真是太……如夢似幻了！」瑪莉安娜低語。

就在她說出「如夢似幻」的那一刻，她似乎偷瞄了我一眼，又閃電般飛快地回到自己的桌前。我覺得那一瞥、那不安的動作，不過就只是巧合罷了。

此時，或許是整個下午最驚人的事發生了：我這桌坐了八個人，但郁娃卻轉向我，問道：「你覺得怎麼樣？」

「很精彩的演出，」我又說了一次。

「謝謝！不過我問的是這首詩。你在《巫婆的預言》有看到什麼**北歐**『古日耳曼』，或說、最重要的『印歐文化』成分嗎？」

我覺得自己朝麗芙─貝莉投去一瞥。我膽敢挑戰她的姪女嗎？她的雙眼翻了翻，我把這解讀為某種警告；然而，我還是開口了：

「我見到典型的印歐文明宇宙觀，似乎帶有波斯色彩、對現實的二元性理解，以及顯著受到北歐視野所影響的末世啟示錄。此外，它當然也稍微受到基督教的影響，受基督教末世論的影響；這一點，我覺得妳完全是對的。但是，世界的起源——在眾神的詩篇中、第三節提到的遠古巨人育米爾——和吠陀教的育瑪（Yama）與波斯的伊瑪（Yima），很可能是同一個神奇的名字；這不是很吸引人嗎？我們的討論，也許是被傳布的遠古神話敘事片段；追根究柢，它一定是源自於生活在五、六千年前的印歐民族，也許就來自位於黑海和裏海的大草原上。一些輾轉流傳下來的原生字，道理也相同。比方，我們來看一下妳外公和我導師的名字，艾瑞克（Erik）。它和凱爾特的『國王』（＊rix）一詞，與梵語的raja有關，甚至和瑞典語的『瑞典』（Sverige）也有關聯；印歐語系的字首＊reg－，就和在正確的路線上有關，譬如說『正確』（rett）與『真實』（riktig）；或是從外語轉介來的『校長』（rektor）、『統治』（regjere）以及『真確』（korrekt）！」

我無法猜測郁娃在沉思些什麼；不過她深沉地凝視我，想出一句很合適的反駁：「就像『勃起』（ereksjon）之類？」

我沒答腔。我大可以回答的，但我還是懷疑她是故意要讓我出醜。因此，我只說：「不予置評！」

我本以為她已喝乾了阿夸維特酒，但其實杯裡還有餘酒；她將最後幾滴酒潑在我臉上。我緊張起來，卻沒力氣起身離開。而後，她只是起身、離開桌旁。

表兄弟們笑了，他們都見識過郁娃的脾氣；我不認為他們同情我。但麗芙—貝莉和圖勒都擔心地望著我，搖了搖頭。

我再次見到圖勒額頭上直入髮根下方那道清晰的疤痕。麗芙—貝莉介紹時，提到他是腦科研究員；有那麼一秒，我有個荒誕不經的想像：他選擇的職業，可能和那道傷疤有關。但是時間差不多，我得走了。

西格麗又敲敲玻璃杯，開始向來賓致悼唁辭與慰問。我向同桌的人表示感謝之意，提出一個可信、說明我得告辭的理由，也感謝他們的招待。

我在出口再次遇上郁娃；這時的她就像太陽一樣燦爛。我要離開時，她攔住我，臉上掛著狡猾的微笑問道：「你想不想簽一份十年保證書？」

我不理解：「保證什麼？」

「身體和靈魂。」

「這我可從來沒想過……」

「你將能夠身心健康無虞地活上十年。不過，一切就會這樣結束。**就這樣！**」

「我真的不知道……不過，也許我會接受一份這樣的合約。妳呢？」

現在，她看起來很惱怒。還是她在演戲？

「你是在問什麼，雅各伯父？」

我問妳的，不就是妳剛才問我的嗎？

她用力搖頭，然後說：

「才二十五歲。」

∴

我快步下到教堂路，招呼來一輛計程車，返回位於格普弗雷的家。

把自己鎖進公寓房間，感覺真是索然無味。我不確定今天下午能否在這裡自得其樂。一切感覺是如此封閉，連氣味也是。

我想到自己從追思會上溜走，不確定能否把自己關在家裡，直到夜晚來臨、就寢時間到為止。

那段時間後，我命令自己不得在晚上十一點前鑽上床；但我的上床時間卻漸漸提早了。我喜歡在床上看書；不過，這倒不是問題所在。

你想不想簽一份十年保證書？

我上當了。

我再也不是二十來歲的年輕人了。那時候，我當然不會想簽什麼「十年保證書」。我也許不是天之驕子，可也從來沒有自殺的念頭。

我得重新出門，雙腳腳底似乎在發癢；但我先在公寓房內轉了一小圈，去了浴室，攬鏡自照——快要五十歲了！——我走進小房間，打開壁前傢俱組的一個抽屜，翻閱幾張來自哈林達爾的舊照片。

最後，我在書架前佇立許久，打量著所有我悉心照料過的學習手冊，以及新購進的教科書，像是葛羅．史汀蘭與普羅本．梅倫葛拉特．索倫森合著、封面晶亮生光附有點評和解析的《巫婆的預言》（也就是郁娃在追思會上所朗誦的版本），以及一本由布爾江德和林德曼合編的全新語源學辭典：《我們的原生字》。最後那本書旁邊則是傳真版、由佛克和托普所合編的《挪威文與丹麥文語源學辭典》。

我從臥室的衣櫥裡拿出一樣東西。其中兩個裝著針線團的籃子裡，裝著我數十年來搜羅的全數雪茄菸盒。某段時間裡，我只有一個這樣的菸盒；而在當時，也許有二十個菸盒；現在，在我行文之際，我已經有超過三十個菸盒。

我心想：世界上，櫥櫃和抽屜裡搜羅的東西可真多，而我搜集的就是這些雪茄菸盒；它們是我唯一會搜集的東西。

我燒開水，給自己弄了一杯雀巢咖啡。要擺脫掉那兩杯烈酒所造成的後座力倒是沒那麼困難；我也嘗試擺脫掉和郁娃見面後留下的傷痕，但這可就沒那麼容易了。

最後，這天劃上充滿和解、善意的休止符。我還是找來派勒，一同到森林間散步。他本來可以抗議的。他並非隨時有體力在這麼晚的時間點到戶外走走、或有心情從事任意活動。不過，今天他很快就答應一起去散步。這頓時讓我心情好上許多。

一開始，我先簡短描述了今天的「事蹟」，並告訴他：一名年輕女子羞辱了我。隨後，我直接轉入正題：

「可是啊派勒！今天晚上，我們就來好好郊遊一番。有很多事可以聊。」

「太適合我了，」他答道。「我一整天沒活動筋骨了。」

不到一小時，我們就在前往中屋的路上了；我們繼續穿越森林、抵達苗坪步道。從這裡，我們逐漸踏上一條引領我們通往鳥澤的狹長步道。

以前我們就常來這裡，此刻，我們坐在一座小山丘上，俯望著泥沼；一、兩道敞開如明鏡的湖面，在夕陽下閃閃發亮。

「鐵器時代早期，這裡種植過玉米和小麥，」我說。「花粉年代分析證明了這點。」

我說這些話時帶著某種程度的諷刺，彷彿我能將這塊區域的史前時代背景**傳授**給派勒似的。不過，這只是一種開啟對話的辭令。

派勒緊跟著這個話題；他鼓凸著雙眼看著我說：

「總之，在這片沼澤之下，一定有一、兩處**人類聚落的遺跡**，已遭這塊被遺忘的荒原所掩蓋了。但是，這裡有過在草原上奔跑、唱歌、玩耍的孩子，儘管現在只剩下黑琴雞了。」

他的口吻有點哀戚、不太尋常，顯得有些感傷；我試圖將對話帶回我們努力保持的軌道上。

「土地就像空地，」我說：「來自印歐語系中代表『建造』的字根＊demH-，藉此衍生出我們挪威文中的『木材』（tommer）、英文的『森林』（timber），也就是建築用的材料；德文的*Zimmer*一詞，同時意謂著木材和房間。」

派勒強調般地點點頭。「沒錯，就像我們在『女人』（fruentimmer）一詞裡所見到的關聯性，或是德文的*Frauenzimmer*。小子，你理解我要說什麼嗎？」

我望著他。女人？我自己可從來沒想到過這道關聯性。但它還是浮現了。這也不是我第一次在和派勒聊天時學到新東西。他輕咳兩聲，繼續說下去：

「從＊*demH-*意謂著『建築』的字根裡，我們還得出一個意謂著『建築物』或『房子』的字，也就是印歐語系中的＊*domHos-*，就像拉丁文的*domus*。」

他又回到那熟悉的主題上了。我露出微笑：

「派勒，你現在不就是在吹噓嗎？你不是在吹牛嗎？」

這個評論滿故意的，因為我們先前就多次做過這串語源學的討論了。

派勒用力握住我的手腕，掐得我直發疼，眼神凌厲地瞪著我說：「現在，聽好了！『婦女』（dame）這個詞就是由*domus*衍申出來的，它源自拉丁文中意謂著『主婦』的*domina*，例如義大利文中意為『女人』或『婦女』的*donna*，或是西班牙文意為『女士』或是『小姐』的*doña*。這是我所能想到的。」

我震驚不已；我自己從未把dame這個字，和tomt或tommer做連結。但我立刻感覺到，這說明很正確。我讓步了：

「所以*dame*和*fruentimmer*都是囉？」

「沒錯，現在是你這麼說的了。還有『屋後的空地』（tuftekall），『聖誕老人』（tomte-gubbe）……」

「你說啥？」

我相信他感到很不自在，他沉重地喘息著：

「現在你找女朋友的事怎麼樣了？這已經說了很久了吧？想當初，你還是個有婦之夫呢！」

我聳聳肩。我們現在非得談這個不可嗎？這感覺很殺風景，時間、地點都不對；我們不就只是在散步的小男孩嗎？派勒繼續說：

「雅各，你還太年輕，不應該就此放棄找個伴、共享人生的念頭。你不應該只是一個人到處閒晃。」

「不是的……」

派勒談到這麼私人的話題時，我總感到不自在。我不覺得我們當中有人喜歡這樣；然而，派勒感到：做為朋友，他有義務三不五時提到這種關於人生的話題。他對我人生的幸福程度，總會加以關切一番。

「你也許不是唐璜，」現在，他承認道：「但你總可以試著給自己找個可愛的女朋友吧。你們其實不必住在同一間公寓。你們不必睡在同一張床上。最主要的，這倒還不是肌膚之親的問題。不過，你們可以一同出遊，到斯德哥爾摩或羅浮敦群島，或者去北角。雅各，你想過這點沒有？」

我不需要從這段對話中引用其他內容，那太私人了；而沒過多久，我們就聊開了。不過，從那時到現在已經過了十二年，如今我年過六十，而本質上改變不大。時至今日，派勒仍繼續關心我。他從未放棄我，更始終堅信：我早晚會找到能夠共享人生的伴侶。我覺得這真感人。此外，這也很無私：我耗在某個女人身上的時間愈多，和派勒能共處的時間就愈少。這可是我的經驗：在我已婚的那段短期間內，我和派勒只能偶而見面。

我們從鳥澤繼續往上走到精靈首；那裡能夠俯瞰奧斯陸、峽灣和挪威東部鄉村大部分地區的壯闊景致，毫無疑問是首都的最佳觀景點。時間是晚上八點，我們站著、望著夕陽沉入西邊的地平線下，然後帶著屬於夏季的氣息，繼續往北。

時間已經很晚了；除了我和派勒，這裡沒有任何人。我們不疾不徐地走到低谷區，坐在一塊木板上，聊起我們周遭所發生的事。

我指出，當冰層在九千年前融解時，海面界限的移動方向。這些界限超出今日的海平面兩百二十公尺，而精靈首和成年坡則成為向海面延伸的低矮岬角、被一處今日成為史考爾峽的小海灣所分隔。海水一路延伸至繆沙角北端，而瑪麗峽、索爾克峽與口袋峽則像峽灣狹長的手臂，切穿內陸，陸地則在大塊冰層數千年來的擠壓之下緩慢地抬升。最初的人類開始在此地建立聚落時，海岸線仍超出今日的界限約六十公尺；然而，陸地持續抬升，而這段故事還沒有結束。

此刻，我和派勒就在這裡。

要是今天晴空高照，必然三不五時會有路人經過，我們也就無法像現在這樣促膝長談。

要是如此，我們就無法無話不談了。

我們都不喜歡談話時被其他人聽到，總之不喜歡被經過的路人無意間聽到。在成為密友的整段過程中，我們可是憑著最基本的尊重與緘默，才走到現在這一步的。一段對話內容愈私密，或只是可能會愈私密，你就必須對聆聽者設定愈多限制。

你完全無法預期派勒會把一段對話帶往哪個方向。他有點肆無忌憚。很大程度上，他還是童心未泯。他話匣子一開，就毫無顧忌了。亞格奈絲，這妳也親身經歷過。

但現在，我們獨坐在遠離都市喧囂、高聳的山丘上，可以促膝長談，直到微弱的月光緩緩由東方的格瑞魯德峽谷探出頭來。當時天色幾乎全暗了，距日落已過了一個小時；但天色很快就會再度亮起，我們開始在藍色月光下拖著腳步，下到低谷區。在地勢陡峭的景觀中，悠長的樹影令找到正確方向變得格外困難。

我在十一點整就寢；一切都劃下句點時，我對這個星期三已不再感到那麼不滿。

那郁娃呢？

她是把我惹火了。

但我還會再見到她。我還會再見到郁娃兩次。

我會在這裡、一座位於波羅的海的島嶼上，最後一次見到她。就在短短幾小時之前。

亞德蓮

八〇年代末期的一個春日，我必須臨時前往歐斯加德灘拜訪一位老太太。距離我們分居、我再次獨居，也不過短短幾個月。我告訴過妳：有幾年，我曾是個有婦之夫。

在我們同居的那些年來，我們擁有一輛車；我們的構想是，在我們其中一人買新車以前繼續共用它。那天是星期二，是芮都的用車日之一。

是的，我太太叫芮都。

我的用車日是星期一、三、五。我本來希望，自己必須跑一趟歐斯加德灘，能夠使她讓出這輛車、放棄自己對車的需求；我也樂意用下週三和她對調。但是芮都要上髮廊和洗衣店，也許還會去某個住在街區的女性朋友家裡，串串門子。

我們因為車子起爭執，也不是第一次了。一週的天數，很不幸地是奇數，因此在其中一天，也就是星期日，我們都不能宣稱自己有優先用車的權利。日後，我曾經捫心自問：我和芮都為什麼不能隔週日輪流用車，或是讓其中一人在每週日三點以前用車、另一個人則在週日下午三點以後與晚上用車；但即使如此，假如真要維持這樣的秩序，我們必須確實輪流使用、令用車權的分配完全公平。比方說，我們在每週日的上半天和下半天得確實依序輪流用車，要是不這樣做，秩序隨時會瓦解、新一輪的口角也將隨之發生。

這套系統的麻煩之處，也許就出在一星期中的第七天、也就是安息日。我們兩人都在等對方會在其中一天宣布：二號車已經入手！因此我們當中的一人只能繼續開著那輛老掉牙的豐田卡羅拉。不管怎樣，要我們為此而賄賂彼此，還是不怎麼值得；無論如何，我從來不想因為自己買了一輛晶亮生光、讓她連做夢都不敢想能借用到的新車，就向芮都開口討一千塊錢——要是最後由她接管那輛廢鐵般的舊車的話。

芮都繼續住在我們同居過的、附有一個車位的公寓房，而我的小窩一帶卻只有公共停車格。我們有各自的汽車鑰匙，卻只有一個距離我剛入住新家四個地鐵站遠的停車位。那是在我落腳格普弗雷以前的事；那時，我仍繼續住在賀美科倫[18]山腳下。

我們吵得很兇的，正是那幾個星期日。我們沒有子女；在我搬出去之後，我們之間唯一衝突的來源就是那輛老舊的卡羅拉——那些日子裡，我們坐在車內、卻沒人坐在駕駛座上，而這輛車是我們最後一項共有的資產，聯結那段痛苦的時光。那輛幾乎鏽蝕殆盡的車，標誌著一段貧乏的同居關係與婚姻。現在，人生的這一部分也已灰飛煙滅。

就如我提到過的，我在之前、之後都有過固定伴侶——我們對外會宣稱彼此是「歌劇舞伴」、「餐廳伴遊」或「郊遊旅伴」，用過一連串這類口語上的代號——但我真正的同居伴侶是我的妻子。那段關係維持了幾年。幾年後，芮都開始背對我——我是說，她真的在雙人床上背對我；從那時起，在一個屋簷下同住了許多個月以後，我們終於分居了。怎麼做？就是我搬出那棟本來屬於我的公寓。

離婚的原因，相當程度上和派勒有關。芮都無法忍受見到史柯蘭多先生；此外她還說他的聲音好噁心，明顯是在侮辱人，她不想讓他注意這段關係。不過我說：要是她真無法容忍看到我和派勒共處，連我們趁她不在家時、在家聊天都無法忍受，她大可以自己搬走。但是，最後是我收拾行李走人。

那天下午，我很謹慎地問能不能開車前往歐斯加德灘（Åsgårdstrand），遭遇強烈反彈；不過我旋即讓步，表示我可以叫計程車。

計程車來了，是一輛紅色賓士；我發現了，針對如此漫長、昂貴的車程，這輛厚實的轎車無疑是一大利多。直到我拉開車門、坐進後座，我才想到車身那豔麗的顏色。我那時才猛然發現，紅色和司機實在是太相襯了：亞德蓮・西格魯德是名快四十歲的迷人女性，也許比我年長一、兩歲，有著褐色的眼睛以及褐色的捲髮。

開了沒多久，我們就歡快地閒話家常起來；過了一會兒，我們聊起人生哲學的問題。聊天時，她不停透過鏡子望著我，而我也因此有機會觀察她的表情。口音顯示她在挪威南部長大；事實證明，她是曼達爾（Mandal）人。她在一、兩年前離婚，現在和處於青春期的女兒一同住在圖爾森豪根。

18 Holmenkollen，位於奧斯陸西北方之別墅區，為著名滑雪勝地。

兩個坐在同一輛轎車上的人之間，很快就能發展出一種近乎親密的氣氛。這樣的氛圍，能比幾乎其他所有情境更加速地培養出一種深厚的歸屬感。車內相當親近的陪伴，加上車子持續駛過新的地景，能夠誘發在其他情境下永遠不可能發生的對話。

她是駕駛，我是乘客；即使我有學術背景和講師授課經驗，而她的計程車司機工作經驗和我的日常職業差異頗大，我們還是很快就建立了緊密、共同的談話。我們甚至因而有更多可聊的話題，更多可以告訴對方的資訊。

我警覺到，不過短短幾個月前，我和芮都也曾像這樣一同坐車，在翻山越嶺的同時親密地對談著。只不過，那已經是派勒毛遂自薦以前的事了。

我們最後一次共乘那輛老舊的豐田車時，兩人都不發一語；我們各自陷入明顯的沉默，也許心裡所想的都是派勒。我相信，我們一定就是在這樣一趟車程中，某些事情已經一去不復返——如果要說明的話，那就是一切都一去不復返了。

在此，我不需要詳細說明拜訪老婦人的情節；那只花了一個小時，而她無論如何都沒有餘力多談。亞德蓮因此選擇在歐斯加德灘等我，想必是要準備載我回奧斯陸。她帶了一本很厚的書，一本黃色封面的小說，放在前排乘客席；不過我不認得作者和標題，因此那肯定是翻譯書。

此外，我們還得吃午餐；在驅車返家之前，我們在頗富閒情逸致與峽灣景色的小鎮上，找了間令人愉悅的咖啡廳，吃了點東西。愛德華．孟克在此度過數個夏天，畫出了《橋上少女》。我們在狹窄街道上的木屋間走了好一會兒。花田裡冒出一陣又甜又酸的氣味；我們其中一人評論道，這就是四月的氣息。最後，我們散步到水邊，而其中一個防波堤上躺著兩隻天鵝，並將頭探進海床內。「兩條精靈，」我脫口而出；或者，這是她說的。我們其中一人說出這幾個字，另一人則點點頭。

我們回到車內時，我很自然地在亞德蓮身旁、前排的乘客席坐定。要是我像上次一樣、作勢要坐在後座，我相信她會覺得自己受到歧視。我們共度這一天，這是屬於我們的日子。時間已是下午六點，時序即將進入五月；下午，感覺就像是夏夜。

她發動車子；在我將那本黃皮書塞進放手套的地方之前，我就開始講到幾個印歐語系原生單詞之間的關係。這是我和派勒事先在某天潛心研究過的。當我和芮都分居以後，我和派勒又可以在一起高談闊論了。

「黃色，」我邊說邊指著那本書。我凝視著她：「妳可知道，這樣一個稀鬆平常的單字，是從哪裡來的嗎？」

現在，亞德蓮正聚精會神地開車；我覺得她剛超車駛過一輛停在車道正中央的拖拉機，正感到不耐。不過我相信她點了頭。總之，我說：

「日耳曼語系的原型是＊*gula*－，它同時是英文yellow和德文gelb的原型，不過當然還包括挪威文的gull、英文的gold和德文的Gold（黃金）。」

「真的嗎？」

有那麼一秒鐘的工夫，這位可愛的司機將眼神從車道上移開，偷瞄了我一眼：

「黃色（Gul）和黃金（gull），原來如此。那麼，yellow？這我可從來沒想過。」

「可是，這些字詞間的相似性往往比我們所想像的還要深入，」我說。「它們的歷史可以有幾千年之久。我們把這種從一開始就存在於某個語言裡的單詞稱為『原生字』。」

「原生字？」

「是的，因為它們是從原始的字根或原型所傳承下來。」

「所以，你是說外來語？」

我搖搖頭：「不，那是另外一回事。當兩個完全不同語言裡意義相同、或約略相近的單字在外觀上相似時，其中一個語言很可能在很久以前，從另一個語言將這個字借來的。我們將此稱為『外來語』。挪威文中的『葡萄酒』（vin）一詞和義大利文的『vino』非常相像，這是因為我們在很久以前，從義大利文借了這個字。這個字在英文裡是『wine』，在德文則是『wein』，原因是英文和德文裡的這個單字，也是從其他語言中借來的。」

她再次看著我，露出微笑。

「現在，我想來杯葡萄酒了。」我說。

她將注意力重新轉回路上，卻說道：

「那*gul*、*gull*和*yellow*又是怎麼回事？」

我覺得她是個觀察入微的好學生。我說：

「它們是古老的原生字；我們若追溯它們的歷史，可達幾千年之久。我們可以重新建構出印歐語系中意謂著『發亮』的古老字根＊*ghel-*，這個音節衍生出一連串遍布印歐語系內廣大區域、現今仍被使用的單字，例如拉丁文中意謂著『蜜黃色』的*helvus*，挪威文的『金色』（gyllen），例如『金髮』或『黃金時代』，舊貨幣單位*gylden*，甚至還包括波蘭幣單位*zloty*。」

「所以說，所有這類原生字，意思其實是一樣的？」

「不盡然，」我說。「但我提到的單字，都可以回溯到意謂著『發亮』的字根＊*ghel* -。同一個單字還有著『黃綠色』的意思，例如希臘文的*khlorós*；它造就了挪威文中的外來字*klor*，此外還有*galle*和*kolera*，以及一系列在斯拉夫語系與印度—伊朗語族中意謂著黃色和綠色的單字。」

「噢，」亞德蓮喊道：「那我比較喜歡金色系列。」

她轉向我，微笑起來。

然而，我這才剛剛開始而已。我說：「一系列分布於整個日耳曼語系區、包括挪威文*glod*、*glode*、*glo*（瞪）、*glane*、*glans*、*glimi*、*glimre*和*glorete*在內的單字，都是從印歐語系字根＊*ghel-*衍生出來的。」

她再次迅速向我投來一瞥：

「這些都是？這些字**全部**都是？」

我強調地點點頭：

「當我們**瞪著**（glor）某人，當某個東西**閃著燐光**（gloder）——例如**燐光燈**（glodelampe）——或當某個東西很俗豔的時候，我們會使用和*gull*與*klor*有關的單字。或者，當德國人喝托迪酒的時候，他們喝的是*Glühwein*，也就是**炙熱的**（glovarm）酒；但在挪威，我們也喝**香料酒**（glogg），那就是我們從瑞典引進、**發著燐光**（glödgad）的飲料。有趣的是，在許多情況下，各種語言間縱橫交錯的關聯性可以一路追溯回六千年前。總之，真該專心致志才行。」

直到這時，我才把那本黃皮書放回裝手套的地方。

「你怎麼知道這些的？」她問。「你從哪裡學到這些的？」

我回答道：我對語言的愛好，可是閃著燐光呢。

我當時會順口道出這一串語源學、像符咒般的討論，也許就是想測試亞德蓮是否能和我共同分享對語言、對單詞和詞源的這份愛好。她說，自己喜歡閱讀；此外，她也喜歡動筆寫作。這樣的回答對我來說相當正面：一個喜愛閱讀和寫作的人，其實也熱愛語言。

她提到：多年來，自己一直有將經年累月以來，幾段從計程車後座聽來的故事寫成一本書的念頭。一個計程車司機會聽到一切，偶而還會聽到所有細節。在計程車司機的生涯中，她曾經必須充當心靈輔導員、精神診療師和法律顧問。

在較長的車程中，她曾請後座的乘客描述自己的人生歷程。這可能是作為聽眾，總比自己開口要來得安適；然而這並不是唯一的原因。亞德蓮喜歡聽人們傾訴。

她解釋，計程車司機，尤其是女性計程車司機，有時候會遭到漫長、累人、甚至幾乎是審問般的問話。她說，這時候就得把球打到對方的半場，也就是乘客的半場。把你的故事告訴我！亞德蓮說。絕大多數人會任由她誘導。大家都有自己的人生歷程，活著就是一種史詩般的藝術形式，而亞德蓮便親自體驗過。乘客很容易就受到誘導，將自己的人生歷程全盤托出。

亞德蓮喜歡和人接觸，某天，她聽到的故事數量之多、夠寫成一整本書了，這本書的標題早已確定，就叫做《來自後座的故事》。

我不想把這件事稱為羅曼史，但在歐斯加德灘之行過後的幾個月間，我們還見過面。我拿了她的名片，並在需要叫車服務時數次打電話給她；例如我準備滑雪穿越北領地、需要前往蜜拉[19]時，另外一次則是前往德雷貝克。九月的一個星期天，我們一同前往蘇荊賀谷郊

19 Mylla，挪威中南部、奧斯陸以北之一湖泊，海拔四九八公尺。

遊；另一個週日，我們則前往北山[20]。這些郊遊和踏青都是她建議的，當然也就是不計算車資。

有那麼一次，我邀亞德蓮到奧斯陸的餐廳吃飯。那一晚，我感覺我們即將成為情侶。我握住她的雙手；她任由我握住，但一會兒就緩緩將手抽回。她臉上掠過一抹陰影。她凝視我的雙眼，像遭到獵殺的動物一般瘋狂，脆弱而緊張；不過她很快就拍拍我的臉頰，幾乎就像個母親、更像個旅伴；她告訴我，她最近邂逅了一個名叫勞夫的男子。

在那之後，我不再聯繫她。

∴

多年後，也就是二〇〇二年初，我在《晚報》上找到了這則訃聞：亞德蓮「最後放棄了與癌症的搏鬥，與家人長眠」。葬禮將於一月八日星期二下午一點鐘，在桐森教堂舉行；葬禮後，「歡迎大家到東屋參加追思儀式」。我毫不遲疑，決定參加這場葬禮。

自從艾瑞克・路德因在西歐克教堂的葬禮後，也只過了短短幾個月。因此當我步入桐森教堂、猛然瞥見郁娃和她的雙親瑪莉安娜與斯威爾坐在中央通道以左第一排的長凳上時，嚇了一大跳。這幕景象委實嚇到了我，使我想到由茱莉・姬絲蒂[21]和唐納德・薩瑟蘭[22]在威尼斯主演、於一九七〇年代初期搬上大銀幕、挪威文片名為《致命警告》的電影《威尼斯疑魂》中的一幕。

一時間，他們還沒機會發現我；我很晚才出門，而牧師，一位年輕的金髮女孩，已經下來和他們打招呼。我的直覺反應是逃離葬禮會場；但就在下一秒鐘，管風琴手開始演奏，我就在教堂最後排的長凳上坐定。

偌大的教堂空間裡，幾乎坐了半滿。我留意到出席者中，有好幾個人身穿「奧斯陸計程車行」的制服。我走進教堂時，他們發給我一份流程表。我坐著，低頭盯著一位近五十、美麗棕髮女子的相片。相片的背影是一輛計程車，一輛紅色賓士。

牧師在追思會上的致詞，就從亞德蓮在曼達爾的青少女時期開始。她進而提到，亞德蓮開了快三十年的計程車，從沒想過其他職業。當事態對亞德蓮本人和她的家人漸趨明朗、疾病必然會奪走她的生命時，醫生據實告知她病情；但亞德蓮卻表示，這並沒有這麼急。在這之後，她又拖著絕症、繼續開了整整三個月的計程車；而後，她永遠地停下了車。

她一直將駕駛計程車視為一項自由的職業。在她司機生涯的最後十五年當中，她擁有自己的車，一輛紅色賓士；她若因為假日或度假而沒有開車，也從不為愛車招聘代班司機。

---

20 Norefjell，奧斯陸西北方七十公里之山脈與滑雪勝地。

21 Julie Christie, 1940-，英國女演員，曾獲奧斯卡金像獎。

22 Donald Sutherland, 1935-，加拿大演員。

然而，即使她喜歡計程車司機這個職業，開計程車也絕非她人生的全部。她交遊廣闊、熱愛家庭，投入社會運動，對於婦女的生活品質和女權，更是不遺餘力。提到對女性自主和尊嚴的尊重，計程車業簡直還處於文明的邊陲。

除此以外，亞德蓮愛好閱讀，車上總擺著一本書。只要她在計程車站停上超過十分鐘，她可不會呆望著街景，也不特別喜歡聽廣播或音樂。不，亞德蓮會讀書。計程車業界比較不熟知的是：她還會自己寫故事。牧師補充道：從青少女時期，她就一直抱著文學夢。多年前，她曾贏得一份週報主辦的短篇小說獎；牧師繼續說道，正如她的家人所知，這可不是她唯一的短篇小說。這些年來，寫作——或者說，亞德蓮的作家生涯——已經成為一項備受歡迎的額外收入。

牧師的致辭還進一步提到：同居伴侶勞夫在十一年前進入她的生命，也就是彼德和她離婚後短短數年。她提到彼德和亞德蓮唯一的子女，女兒恩蓉，以及她的丈夫亞歷山大。兩人育有兩名年幼的子女，肯尼和瑪麗亞。瑪麗亞是年紀最小的孫女；外婆死前擁抱她時，她的身高才勉強搆到外婆的雙臂。

使我坐立難安、恐慌不已的那一刻，終於無情地來到：告別式和出殯。

三名女士和三名男士抬著棺木走下教堂石階；他們全都身穿「奧斯陸計程車行」的制服。勞夫、恩蓉、亞歷山大，還有彼德與他的新同居伴侶或配偶，都跟在牧師和棺木後頭。

牧師的致辭中，自然並未提彼德新伴侶的名字。斯威爾、瑪莉安娜和郁娃緊隨在後。我恍然大悟：斯威爾想必就是亞德蓮的兄弟。

我真想躲起來，想起那「挖個洞、藏起來」的經典願望。但實際上，除了站著，我沒有其他選擇。

郁娃先發現了我；她朝天翻了個白眼。斯威爾和瑪莉安娜也用銳利的眼神盯著我，但場面非常肅穆，而家屬的隊伍很短，很快就過去了。

我也得離開教堂。抬到戶外的棺木被放進一輛棺車裡，而棺車很就快駛離了。哀悼者聚集起來。天氣多雲，幾乎完全靜寂無聲，氣溫只低於零度幾度。教堂周邊的柏油路、斜坡和草坪上覆著一層薄雪；這樣的降雪量，在一月算是少的。

現在我該怎麼辦？我該快步穿過人群、拔腿狂奔，衝下西爾森交流道嗎？

可是我為什麼要這樣做？她曾是我在一段非常短的時間內相當親近的朋友；現在，她走了，我為什麼不能出席她的葬禮呢？只有我才能描述她對我曾有多麼重要；只有我才知道，此刻的我是多麼悲傷、憂鬱，以及我看到《晚報》上那則訃聞時，內心是如何的支離破碎。

當訃聞裡明確寫出「歡迎大家在葬禮後，到東屋參加追思儀式」時，我為什麼不去參加追思儀式呢？學生時代，我只去過那座深具傳統的會館一次。

教堂外，郁娃和她的表姊妹恩蓉都不見人影。斯威爾和瑪莉安娜站在那兒，我從遠處向他們點點頭。我畢竟不是關係最密切的家人。

然而我再次驚覺到：我早先一定見過斯威爾和瑪莉安娜。假如我站好、打量他們兩、三秒鐘，也許就會想起我們是哪裡見過面。但是，出於羞恥心，我連多看他們兩秒鐘都做不到。我轉身離去；不一會兒，我就坐進幾百公尺遠處、停在人行道旁的車內。

我開過奧佛爾中心，駛向步道與東屋會館。有一條陡峭的步道直通奧佛爾學校，我就在那兒瞥見了郁娃和恩蓉，兩人並肩而行，不停地比手畫腳。我把車開到旁邊、搖下車窗，問她們要不要搭便車。可以理解，這對表姊妹寧可步行；或許，這趟散步就是她們能講些私房話唯一的機會。恩蓉失去了母親，而郁娃父方的一位嬸嬸過世了。亞歷山大鐵定會開車接送；斯威爾和瑪莉安娜，想必也是開車來的。

但郁娃卻將頭伸進車窗內，說：「現在，我想知道你是怎麼認識亞德蓮的。」

「嗯？」

她身上散發出檸檬和薰衣草的氣味。

「你該不會要說，你是她的乘客之一吧？」

我露出微笑：「對，其實是這樣沒錯。我們見過面，我是她的乘客。」

郁娃的表情變得深不可測。

「你們見過面……」她只是重複著。

「那不是一般的計程車載客接送，」我為自己辯解：「不過，我們在追思會上再談吧？」

我不能繼續把車停在路上。我向年輕的女士們揮揮手，繼續開車，感覺她們剛才一邊散步、一邊談論我。當然，這也許只是我的一廂情願。我認為自己扮演的角色，有時比我實際上的角色來得有份量。

我將車停在距離東屋酒樓暨會館只有一箭之遙的舊射擊場前；會館現今仍使用這個名稱。當時距離業務停擺，僅剩數個月；就在一年後，有著近百年歷史、瑞士農莊風格的別墅遭拆除，當地居民強烈抗議。

我佇立在維多・漢斯騰與勞夫・威克斯壯[23]的紀念碑前；一九四一年九月十日，兩人於此地遭蓋世太保處決，並葬於射擊場中。這兩位英雄的浮雕像下方，刻著一段話：**孤獨的受難者，照亮天明前的黑夜**。

我思索著，為什麼年輕的抗戰英雄是孤獨的，而後才猛然想起，或許我自己也感到有點孤獨——而且無法比擬。

人們開始從教堂來到此地；有些人走路，有些人則必須繞得比我還遠一點才能找到停車位。我混入人群中走進會館，藉此掌握方向、弄懂我該坐在哪裡。

大約有三十到四十人出席了追思儀式，其中兩、三個人身上還穿著「奧斯陸計程車行」的制服。我就和他們同桌，彷彿是他們的一分子。一名年齡與我相仿的男子自我介紹是理

---

23 Viggo Hansteen, 1900–1941，挪威法學家與政治人物；Rolf Wickstrøm, 1912–1941，挪威工會領導人。

查，挪威全國計程車工會的董事。牧師也和我同桌，她名叫雷綺娜，是新上任的牧師，大約三十出頭。

我設法做到不和逝者最親近的家屬同桌；然而，那對表姊妹很快就在鄰桌坐定。

勞夫致上歡迎詞，簡短扼要地描述亞德蓮在一年半前獲知罹癌噩耗後的病發過程。他提到放射性治療與化療，提到對抗病魔的意志力和勇氣；然而，他隨即也提到她視死如歸，以及關心他人更甚於關心自己。

理查以外的另一名計程車司機，已經開始摸向菸盒；勞夫告知大家關於出菜的資訊、結束致詞，並宣布戶外的露天陽台可以吸菸——即使我們身處的廳室，數十年來就一直煙霧瀰漫。

供餐內容包括五種三明治、馬卡龍內餡的丹麥酥皮麵包、咖啡和礦泉水。理查問我是如何認識亞德蓮的，或我是她的家人？

不過，我提到那趟歐斯加德灘之行、提到接下來的那幾個月；亞格奈絲，大致上就是我告訴過妳的故事。敘述中我只對調了時間順序，用我們在語言學的行話來說，就是置換。在我引述牧師致詞內容**之前**，我描述自己如何認識亞德蓮，並在我的敘述中點出一個結論：我在東屋會館登台，致上我的追思詞。

理查點點頭，對我的故事似乎很贊同：亞德蓮就是這樣。我所陳述、形容的，都完全符合她的個性。關於我所引述、與漫長車程中和計程車行駛沿途可能說的話或發生的事情，理查知之甚詳；提到亞德蓮寫《來自後座的故事》的主意，他輕聲笑了。隨後，他脫口而出：「這本書怎麼就從沒寫下呢？」

我察覺到，坐在隔壁桌的郁娃正豎起耳朵聽著。勞夫在各桌之間穿梭，問候少數幾位他素未謀面的出席者，我也是其中之一。他站在桌旁，聆聽我所說的故事。

我勾勒出歐斯加德灘之行，以及我和亞德蓮在那裡所感到的些許歸屬感時，勞夫幾乎手足無措，抗辯道：亞德蓮從來沒告訴過他這段旅程，實在太奇怪了。

這時，雷綺娜幫了他。其實，應該要找台階下的人是我；因此，是她幫了**我們**。牧師提醒道：這絕對是在勞夫認識亞德蓮之前的事。我因此才得以輕易脫身。我說：我和亞德蓮也只在城裡約會過一次，在國家歌劇院咖啡館，那時她提到自己認識了一名叫勞夫的男子；那是我們最後一次見面。

這時，勞夫結實的手臂搭住了我的肩膀，給我一個朋友般的擁抱。不過一直側耳偷聽我敘述的郁娃卻在鄰桌調轉椅子、問道：「你有對這些計程車接送服務索取收據嗎？」

她頸間仍掛著那青玉色的珠飾。上次見到她時，我覺得那彷彿是第三隻眼。現在我則感覺到：那實際上是一只對準我、持續拍攝的鏡頭。

已經有人去露台抽菸了，勞夫因而坐在我桌邊的其中一張椅子上。我們坐了許久，肩並肩，聊著關於亞德蓮的事。想想，現在她已經不在了！

這時我的大腦可能已經裂開，或是勞夫的其中一隻耳朵想必是聾了；就在我們追悼亞德蓮的時候，只有我聽到郁娃如何在隔壁桌開始對表姊妹侃侃而談。她聚精會神地談著神話與宗教崇拜儀式中的性意象，論述馬格努斯．歐爾森對《史基米爾之歌》的詮釋：象徵豐饒的神祇夫雷派遣侍從史基米爾拜訪女巨人葛特，在麥田中締結關於愛情的盟約；總之，這是一種交媾儀式。她彷彿每炫耀一次自己的博學多聞，就會拉高音量、朝我的方向投來一瞥。以夫雷和葛特為造型、超級迷你的金色人偶被安置在麥田中，以確保豐收並增加收成；也許，這就是男性和女性常到麥田中歡愛的同樣原因。隨後，郁娃從宗教史轉談及性高潮，說那是銀河系中最有意義的感官體驗；沒錯，她甚至走火入魔地提議：性高潮就是全宇宙間終極的目標與意義。但是，她是在諷刺人嗎？還是她只是過度興奮了？

她說，想想看，要是我們能夠給予彼此、甚至我們自己這種冠絕寰宇的感官體驗就好了；這樣，我們就不再需要彼此了！

這下就毫無疑問了：她說話時，明目張膽地盯著我看，彷彿挑明了就是在針對我。可是為什麼呢？她是想測試我，還只是想挑釁？

我受夠了。我向勞夫道別，比絕大多數人都提早離開追思會。不管如何，我只是個地位邊緣的來賓。我對任何人都沒有義務。

就在我披上風衣、準備要離開時，郁娃靠著椅背、伸出右臂，像是依據舊時代禮俗，想要接受殷勤、被親吻手的婦女。可是為什麼呢？是羞辱我嗎？她是想要證明我屬於一個截然不同的世代、是另一個時代留下的殘渣？不過，我只是頷首告辭。

我朝斯威爾和瑪莉安娜招招手，這時一切都毫無疑問了：他們認出了我！無論如何，我**幾乎**是肯定這一點。此外，他們想必記得比我清楚，我們是在何時、何地見過彼此的。那一定是很久以前的事了，只是他們選擇在這一點上避免和我正面衝突。我清楚地看到：瑪莉安娜克制自己，將眼神轉往了別處。我重新注意到斯威爾耳垂上的紅寶石。

在我離開會館後的那一刻，事情是如此自然，我頓時恍然大悟——是在妖精山[24]！超過三十年前，我就在那裡見過斯威爾和瑪莉安娜，我們在皇宮公園過著嬉皮般的生活。我只當了短短幾個月的嬉皮——容我追加一句，而後我就恢復了神志。瑪莉安娜和斯威爾的嬉皮生涯則遠比我久。

亞格奈絲——要是我們還有機會見面，我會非常樂意將我的嬉皮生涯，以及我人生中那一段光陰全都告訴妳。現在，我想說些截然不同的話題：妳為什麼要攔阻我？為什麼不讓我走？

我回到停在射擊場前的車裡，換上健行裝束和冬靴。幾分鐘後，我緩步走在一條向上通往林德丘陵的礫石路上。儘管正值隆冬，地上卻只覆著一層薄薄的雪。

---

24 Nisseberget，挪威奧斯陸皇宮公園內制高點。

當我登上那狹窄的湖岸、向上望著用於體育活動的棕色小屋時，天色開始變暗。我學生時代來過這裡一次，而在那一天劃上休止符時，我在下方的東屋會館已灌了足足一杯或兩杯半公升的啤酒。

事隔多年重回舊地，感覺真奇怪——我是說，我還記得現在這座棕色木屋，曾經是紅色的。

想當然爾——下山時，我遇見無視天色逐漸昏暗、正在上山的郁娃和恩蓉。顯然她們一定在家換過裝，要不就是跟我一樣，把健行裝放在車上；我們是挪威人嘛！

兩個女孩一看到我，都不由自主地大笑起來。這反應並沒有惡意，但我再次感到自己被當成笑柄。郁娃想必察覺到了這點，這時她帶點戲謔的口吻、卻也不失包容地說：

「雅各，我檢查過你那些語源學的說法了；它們是真的耶！所以，也許你那些計程車的故事也是真的囉？不管如何，你不用開收據給我；忘了這回事吧！」

我很納悶，自己是否有彎腰致意，或只是回以輕輕的頷首；但我同時感受到，沒必要洩露自己的情感。我感到自己很脆弱，因為我**很**孤獨。這位年輕學者無意對我的語源學論點挑毛病，似乎是個小小的慰藉。九月的那一天，她回到家後**檢查了**那些語源學說法；總之，她那樣做了，現在，她表示它們是正確的！

恩蓉開始拉郁娃的夾克。她們一定有很多可以聊的，天色很快就黑了，她們不需要繼續和我共度這一晚。

但是我需要表態。我用近乎朗誦的口吻說：

「我們很少想到這點，但像是『乳牛』（ku）和『狗』（hund），『道路』（vei）和『車廂』（vogn）——或是『超小型賽車』（åk）和『輪軸』（aksel），『空地』（tomt）和『王國』（rike）這種非常普通的單字——在印歐語區的大部分地區，都有其共通性。但這也涵括了像『什麼』（hva）和『誰』（hvem）、『你』（du）和『我』（jeg），『現在』（nå）和『不』（nei）這樣簡單的字——或是從一到十的所有數字——同時也別忘記像『無窮』（uendelig）裡、u-這種一系列的簡單字首，都是來自古印歐語言、擁有五、六千年歷史的古老原生字；當然，它們佚失了，但我們可以藉由現存語言的音韻法則，將它們一路重新建構起來……」

「是喔？」恩蓉插嘴，轉身面對表姊妹：「嗯，真有趣！」

但我忽略她輕蔑的評論，努力和郁娃保持眼神接觸，把話說完：

「此外，某些基本的文法結構也一體適用。我們那陳腔濫調的所有格-s，它的根源可以追溯回數千年前。」

我必須吸氣。在陰沉的暮色中，我難以看清郁娃臉上的表情；但此刻她開口時，口吻中帶著尊敬，卻肯定夾雜了幾許諷刺：

「所以你還沒完囉？我不都已經宣布，你飽讀詩書、是博學之士了嗎？」

我記得我們針對印歐語學的那場小辯論，再次扯到這條脈絡，肯定會被當成有點食古不化；但我必須得出某種結論，而我也並不怯於最後一次嘗試維持這段對話，也許再一分鐘就好——這真是一段著急的談話，是一小段硬生生偷來的歸屬感；我說：

「但是我問自己，既然語言和文化——這至少聯結到農耕、家畜飼養，以及各種不同的手工藝品——在數千年來有這麼高的比重指向共同的源頭，那為什麼不會出現相同的宗教形式呢？」

我不知道她會如何回應。我親身體驗過她不按牌理出牌的個性，要是她賞我一巴掌，我也不會覺得驚訝。此外，她的表姊妹再次開始拉扯她的夾克，這次顯然更堅決了。

然而，郁娃回答了我的問題。她說：

「就算幾個字詞、甚至是神祇的名字有共同的起源，也不意謂著整個神話，或如你所說的一整套宗教形式，在數千年來都幾乎毫無變化。」

她的表姊妹明確地堅持道：「郁娃，走啦？」

然而我讓郁娃上鉤了。她說明起來：

「總之，比較語言學可以在音韻法則的協助下還原古老的印歐語言，像魔法般變出它的原貌。這真是神奇。然而，宗教史上沒有這種『音韻法則』。我認為和字詞的意思與你所謂的文法結構相比，人類在宗教上的幻想更難以捉摸、更靈活，也更多變。類似、經得起驗證的神話性結構也許並不存在；人類的天性本來就富於想像。」

我想她給了一個明智的答案，一個及格的答案。我是這麼說的。但是，我又補充道：印歐宗教的比較研究是一門年輕的學科，幾乎還處於嬰兒期，現在也許才準備要將小孩扔進洗澡水裡呢。

兩個女孩都露出微笑。然而，我卻不懂她們為什麼笑；也許，這正是老化的徵兆，你再也搞不懂年輕人為什麼微笑。

她們表示自己要往森林深處前進，追獵巨人和妖精；我則祝她們行獵成功。

踏出一、兩步後，我停了下來。我能聽到恩蓉在說：

「那個人**是**怎樣？」

「無恥之徒，」郁娃說。「不過，我現在不想談這個……」

我無心再聽那對表姊妹對話的剩餘部分。它，消逝在暗夜中。

天幕像是破了一個洞；在下到射擊場前的一大段時間裡，我清楚見到環繞著我的宇宙。

我想到郁娃那番關於性高潮是宇宙間意義與目標的悖論。在抬頭望了銀河系一眼後，我很確定：那是以人類學為本位的誇大之詞。我想起，星星是沒有性別的；或者就事論事，它們是沒有感官的。在庭園裡，沒有那麼多性高潮。

我的論點是：總有些東西是高於性別和交媾之上的，例如星空。

∴

二〇一三年五月十八日星期六：五旬節。在威斯比，這是個異常溫暖的五月天。夕陽已沉入水面下，但西北面的景象依舊一片血紅，半小時前還是淺藍色的海面，如今染上一道謎樣的色彩。

我舉頭望見半輪新月；從那被遮蔽的面積來看，我也能想像月亮的邊際。

挪威文的「月亮」（måne）當然和「月分」（måned）有關連，這是一個在幾乎整個印歐語系區使用的、非常古老的原生字。意為「月亮」和「月分」、擁有六千年歷史的單字＊*mēnōs*應可連結到意為「丈量」（å måle）的字根＊*me-*，反映在挪威文的「目標」（mål），「測量」（måle）或「一餐」（måltid）等單字上；總之，「公尺」（meter）、「目標」（mål）和「月亮」（måne）等單詞是有關係的。

語言有互通性。它們像是個大家庭，或者像個三代同堂的大家族。我可以感受到屬於這龐大家庭的吸引力。

我驚覺，甚至只要到瑞典，就能清楚地觀察到存在於「門」的*mäta*和*måle*等單字中，印歐語系的字根＊*mē*。

月亮測量時間；一個月，就是兩次新月之間的時間。

現在想到這點還真是弔詭：妳、我在艾蘭道爾見面後，恰好也已過了一個月的時間。那時也是新月。

我坐著的房間裡，兩扇窗戶都敞開著；我持續受到各類昆蟲的打擾，牠們會在我這裡逗留到明天。

戶外氣溫仍維持在二十度。

魯那

我必須向後跳躍許多年，才會再次見到艾瑞克．路德因的後人。我所寫的是關於他們的故事。請妳務必了解，許多細節是我只能略而不提的。我在敘事中提到事件的標準，就是遇見至少一名艾瑞克後人的場合：一次不多、一次不少。這是故事的主軸，而妳很快就會發現：這條主軸，將朝妳而去。

我這一跳，一路直到二〇〇八年八月。那是開學前，而我已在卑爾根待了一星期，為一個位於沙灣的民俗記憶學會主講了一場講座，主題是我們如何依據北歐城市名稱，連結到基督教崛起前的異教神話與偶像崇拜。這可是與馬格努斯．歐爾森學術工作高度相關的研究分支。講座上，我集中探討神祇烏爾（Ull）與泰爾（Ty）。

烏爾和瑞典中部地區與挪威的城市名稱有高度相關性，例如烏爾思（Ullern）、屋倫斯萬（Ullensvang）、烏勒奧（Ullevål）和屋勒維（Ullevi）——但在丹麥和冰島，反而完全不見其蹤影；此外，烏爾並未在留傳下的神話中扮演實質角色，在宗教發展上也顯然代表比

《古埃達》和《新埃達》所反映趨勢更古老的律法。烏爾的名字源自日耳曼語系的 *wulþuz* 一詞，意謂著「光輝」或「燦爛」，我們所談到的，很可能是蒼穹的擬人化形象。

反過來說，泰爾在瑞典中部或挪威城市名中幾乎不見蹤影，卻廣泛地出現在丹麥地名中。這個神祇在斯諾里[25]描繪的神話世界中扮演一定的角色，但顯然在《古埃達》眾神詩篇和維京時期之前，是份量更重的神祇。我們所探討的，是可能會回溯到天空和蒼穹的泛日耳曼神祇意象。

泰爾的名字來自日耳曼語系的 *tiwaz*，也有「神」的意思；它的複數形式是 *tivar*，我們能在**星期二**（tirsdag）中找到祂的名字，意即「泰爾的日子」。這個字和古印歐語言中意謂「神」的 *deiwos* 一詞、梵語的 *devas*、拉丁文的 *deus* 有關，因此它和吠陀教的天神 *Dyaus*、希臘文的 *Zeus*（宙斯）和拉丁文的 *Fader Iov* 和 *Iovpater*（也就是 *Jupiter*，朱比特）等名字同源。「在開闊的蒼穹下」拉丁文是 *sub Iove*；此外，這個字根也和印歐語言中意為「日」的單詞有關，例如拉丁文的 *dies*，而這也是外來語 *diett* 的源頭。古印歐神祇 *Dyeus* 是日與日光之神。

很多跡象顯示，北歐人膜拜烏爾或泰爾，但不會同時拜這兩個神祇；或者說，烏爾或泰爾事實上是同一個神祇的兩個不同名字？兩者都是天神，都扮演執法者的角色，而對北歐主司執法的神祇而言，同一個神以不同的名字登場相當常見。馬格努斯．歐爾森的話簡明扼要：「烏爾和泰爾是同一個神的名字。」

然而也有說法指出：這兩個神祇之間可能有著更複雜的關係。泰爾可能是北歐夏季的天神，祂的名字和印歐語言的「日」和「日光」一字有關；烏爾則可能是北歐冬季的天神，祂的名字——意謂著「光輝」或「燦爛」的 *wulpuz* ——可能暗示冬季的星光。北歐的冬夜是星光燦爛的，而挪威和瑞典還有北極光，是截然不同的體驗；然而，它和日光同等神聖、也同樣高深莫測。此外，在歷史時代，烏爾也被稱為「滑雪之神」——這很明顯是冬季的象徵。

我在這一段要交代的事情，並非針對上述問題做結論；我所討論的就是這類問題。

一天晚上，我夢見自己為艾瑞克・路德因講述同樣的內容，我們散著步、繞了蘇格奈灣兩圈。即使我最後一次見到郁娃已是多年前的往事，我還是會承認，自己在講座舉行前幾天，一直做著白日夢、夢見她一度突然出現在位於沙灣的活動會場，坐在第一排座椅上；也許這其實正是我白日夢的原因（活動在《卑爾根時報》上刊登了個小廣告）。我對這門學科有著深切的感情，甚至可以說，我愛這門學科；我很懷疑，這位青年才俊對此有什麼好指指點點的？也許，她還想在講座結束時大聲鼓掌呢！

但是彼德・史柯蘭多在場。他坐著、聽完我發表的所有內容，而且數度發言。我們並不常一起出場，但有時會一同出席；當我語塞，或是忘記一、兩點事情的時候，我倒是不反對派勒搶過發言權、使我重回正軌——或者在最壞情況下，使我重回正題。

---

25 Snorri Sturluson, 1178/79-1241，冰島歷史學家、政治家、詩人。

妳知道我和卑爾根的淵源。我記不得自己在從艾蘭道爾回家的車上確切說了什麼，但我提過這件事。

我父親是卑爾根人，此外，我的一位表哥也住在這座漢薩同盟的商城——我從未見過他——因此，我在每年八月中旬開學前到挪威西部住上一個星期的傳統，和家庭一點關係也沒有。

此外，在面前的螢幕上看到自己使用「傳統」這個詞，還真奇怪。只有我會這樣使用這個詞。當你開始對這種只牽涉到自己、無關他人的習慣培養出內心的尊敬時，習慣的力量當然可能變得很有威脅性、幾近於許多人所謂的強迫性緊張症；所以這也值得一提。不過，我可不是這樣看待它。我對於自己所締定的協議非常重視；除此以外，其餘免談。

近年來，我在卑爾根停留的一周期間，很喜歡在城裡或法爾納、奧斯或歐沙涅舉辦講座。我在挪威的民俗記憶學圈子裡已小有名氣，不僅在卑爾根，還包括哈丹格和蘇格奈：「激勵人心的主講人……印歐語系關連性的無盡深度……北歐共同歸屬感的根源，使人心神喜悅……」或是「雷達二人組雅各布森和史柯蘭多，風暴般席捲了群眾……」

在卑爾根，我總是入住「挪威大酒店」。我的生日是八月八日；當我一如往常在旅館辦理入住手續時，櫃台小姐就認出我在前一年來過，說：「雅各布森，現在我們旅館可真根據你的時間制定行事曆了。歡迎回到卑爾根！」

我喜歡這樣。他們很細心，這讓我有種歸屬感。

在「挪威大酒店」住上整整一星期的旅客，為數並不多。

∴

這一年，就在我飛往卑爾根的班機上，我讀到《卑爾根時報》的一則訃聞，心下不由得一驚：魯那．佛雷勒過世了；他的死因極其悲劇，訃聞上只提到他「於二〇〇八年六月，在位於卡伐特（**Kalfaret**）的家中過世。」

亞格奈絲，妳一定聽說過他的死。圖勒一定告訴過妳某些事。妳說過，妳一直和他保持聯繫。

「二〇〇八年六月」，魯那在自己家中死亡。我覺得訃聞的文字相當不合理，閃爍其詞；訃聞中註明，亡者將「在八月十四日週四下午三點整，於莫倫達爾的希望禮拜堂安葬」——而這距離他的死已經是好幾個星期後的事。

亞格奈絲！妳一**定**聽說過這件事！

訃聞最後才提到，「所有認識魯那的朋友，歡迎到航廈酒店參加追思會……」

魯那，我心想：他們到底對你做了什麼？

我下定決心，一定要出席這場葬禮——儘管如果不是因為人已經在卑爾根，我應該不會這麼做。不管怎樣，要翻山越嶺的一個先決條件是我得剛好在這一天、在國會路或卡爾．約翰大道的Narvesen超商翻到《卑爾根時報》，否則根本不會知道魯那去世的消息；當我在挪威東部的老家時，看的都是《晚報》和其他報紙，根本懶得去買《卑爾根時報》。

我最初的規劃是在這一天——也就是八月十四日星期四——從旅館退房，及早返回奧斯陸，趕在教師會議及我們說的「教學規劃日」之前；但現在，我修改了機票，多留宿「挪威大酒店」一晚，買了一件黑色禮服。

那個週四，我剛踏進希望禮拜堂，就見到莉絲和姜—皮特．路德因坐在最上層的第一排座位。此外，我還發現多年前曾在爺爺追思會上擔任主持人的西格麗。我感到一陣透心涼。我可從來沒料想到，他們和魯那．佛雷勒有親屬關係。

西格麗和湯瑪斯並肩而坐；他們原來還在一起。七年前，他們膝下有兩名子女，摩頓和米莉安；我很快就獲悉，他們在這段期間又添了子女。不過在禮拜堂裡，沒有任何孩童。

我不知道，亞格奈絲，但這想法使我心驚：出席追思會的全是成年人。我仔細研究過那則訃聞，已經有種感覺：這場葬禮的流程受過審查；我是指年齡限制。

我看到坐在上層第三排的菲列克；在二十一世紀初期還是法律系學生的他，現在是事業有成的商務法律師——幾小時後，我就此有了更詳細的了解——弟弟約華金也在座：先前他在佛格貝里讀高三，現在即將從醫學系畢業、展開實習。約華金和菲列克身旁都有配偶或女伴。

我從一開始就知道，莉絲想必就是魯那的姊姊；我想到她在岳父的追思會上，在隔桌高談闊論時，帶著清晰的卑爾根方言口音。

當天稍晚我也會發現，坐在禮拜堂前排的其他人是莉絲和魯那的其他手足，而訃聞上也註明了這點：都是五十多歲的歐文德、班特和密德麗，都在配偶的陪同下出席。現場還有一撮介於二十到三十歲之間的年輕人；我認為他們可能是往生者的侄兒和姪女，而他們都和男、女朋友一同出席。

即使前面還有座位，我依然坐在整個禮拜堂的最後一排。路德因家族的人都沒注意到我。

牧師是名四十來歲、幾近全禿的男子，講著響亮清晰的孫恩霍德（Sunnhordland）方言；我自己的分析結果是他來自波姆洛（Bømlo）。根據我的記憶，他對逝者追思詞的開場白大致如下：

「我們齊聚一堂，來向我們的兄弟、姊夫、叔叔和伯伯——魯那．佛雷勒道別。

「魯那出生在一個頗有名望的大家庭中，是備受呵護的小兒子。我們引用英國巴洛克時代詩人約翰．多恩[26]的詩句，意境十分動人：沒有誰是一座孤島，在大海裡獨踞；每個人都像一塊小小的泥土，連接成整個陸地。」——而我繼續將詩句翻譯成挪威文：無論誰死了，都是我的一部分在死去，因為我包含在人類這個概念裡。因此，不要問喪鐘為誰而鳴，喪鐘為你而鳴……

26 John Donne, 1572-1631，英國詩人。

「然而正如我們所知：魯那長大以後，他**置身於**自己的家庭中，實際生活完全和家人隔離。他孤獨地死去，死狀極為悲慘淒涼。他極為孤單；身為他靈前的牧師，我有義務點出：其實，魯那有很多兄弟姊妹。但是，親愛的諸位，他們不接納他。魯那的手足對他的處境，都袖手旁觀。

「在一場這樣的葬禮之前，我總和逝者的家屬有著漫長而深入的對談。我總要描摹出死者的人格和人生。但是，這次我幾乎空手而返。我難過不已地回家，同時腦海充滿悲傷的思緒。

「魯那的兄弟姊妹在近二十年來不曾關照過他，是不容忽略的事實。住在奧斯陸、無法參加那次談話的莉絲，是唯一的例外……」

禮拜堂中沒有人哭泣；但能感受到恥辱。我覺得我能嗅聞到它，羞辱感變得具體起來、彷彿一股濃重的惡臭直鑽進鼻孔裡。牧師繼續說下去：

「魯那是優秀的商人，甚至可說是非常優秀。在雙親過世後，這使他有能力買斷自己的兄弟姊妹、接管那棟位於卡伐特，擁有悠久傳統的別墅。他為那棟別墅漆上清新的色彩，重新栽種庭園植物、予以規劃，對內、對外都很快地將這座房產烙上自己的印記。是的，**他自己的**印記。

「現在，家族內部的看法是：魯那輕鬆、便宜地將歷史悠久的家族別墅弄到手，然後大膽地將它汙染了。這一點，我可是看在眼裡。然而，就在他身為房產所有人的最初數年間，他試圖將別墅轉型成整個大家族的會館，在聖誕節和新年，以及親族中一長串的四、五十歲慶生會，可以做為活動場地。因為『沒有誰是一座孤島，在大海裡獨踞；每個人都像一塊小小的泥土，連接成整個陸地。』但是魯那的好客之意枉費了。魯那**絕望的呼喊**，是枉費了。

「魯那有同性戀傾向；最初幾年間，他和科努特一同住在卡伐特，兩人如膠似漆。一九八八年十一月，科努特死於愛滋，魯那的世界跟著崩解。接下來數年間，他只有過零星幾段新感情。其中幾個朋友或熟人曾在短時間內和他同居，但從未發展成真正的同居伴侶關係。

「萍水相逢！對我們當中的某些人來說，這種短暫的**萍水相逢**就是人生裡重要的一部分。我們別無選擇。不是人人都能一帆風順、白頭偕老的。不是人人都有幸能夠兒孫滿堂。

「魯那沒有找到可堪取代科努特的對象。他未能成家。他愈急著想召集兄弟姊妹、姊夫和弟媳及他們的家人參加週日聚餐和聖誕聯歡會，然而他們——我是說，你們——繼續拒絕拜訪你們可敬的兄弟和姊夫，而到了人生的這個階段，魯那的邀請自然也就沉寂下來。

「這一切你們所不想說破的，都**可以**點破。然而，我還要補充：正是在對家屬有所了解以後，我才會如此嚴厲地關注魯那的孤立。正如各位之一所說的：『這些都是事實，所以我們得硬著頭皮聽下去。』」

牧師的目光掃向哀悼者；這時，最前面幾排座位上的好幾個人已經放聲哭了出來。牧師讓群眾將哀慟宣洩完畢，才繼續用比較溫和的聲音說下去：

「魯那談到莉絲和姜—皮特、西格麗、菲列克和約華金時，總會稱他們『奧斯陸人』——『奧斯陸人』每回到卑爾根，都會聯絡魯那，哪怕他們可是每隔好幾年才會來挪威西部一次。西格麗和湯瑪斯有了孩子，和魯那叔叔建立起親情。在我和其他家人的談話觸礁後，我最後只能打電話給西格麗……

「就在今年五月，你們在卑爾根度過一段盛大的五旬節假期，在莉絲長大、位於卡伐特的偌大別墅住了一星期。你們五個人都分到平整、舒適的床鋪，還開起營火晚會；你們享用了精心調理的晚餐，還品味了酒窖裡的醇美年度限量葡萄酒。也許就像妳說的，西格麗：你們彷彿受了其他家庭成員的邀請，極盡豐富之能事。全家族中，你們是最後見到他的人。在那之後，我們不知道是否還有人曾見過魯那。沒人提過。

「在五月分這幾天，魯那近乎狂熱地忙著和摩頓與米莉安在老梨樹上一起蓋房子；他還從同一棵梨樹下方搭建了一架鞦韆，好讓小奧莉薇也有事可做，而其他人則坐在樹上，幹著木工活兒。那時，爸媽在葛利格音樂廳；他們上了劇院、電影院，還去了霍貝里餐廳。

「短短幾個月之前，這些孩子們在那幾天，可都沒有喊著要找爸爸或媽媽。」

∴

牧師又刻意停頓了一下，我已經開始想著自己和死者的關係……

我可以向魯那的家族描述，自己是如何於七、八年前在「挪威大酒店」的餐廳和魯那結識。魯那是那裡的常客，有固定的座位，能夠俯望宴會廳和小肺園灣的美景——魯那的家人對他的晚餐習慣可不見得知情。

我獨自坐在我的餐桌前，他則獨自坐在他的桌前；我們這兩個孤獨男子就這樣交談起來。一開始，我們先聊起天氣這類陳腐的話題：卑爾根已經一連好幾天沒下雨了。一段對話，總得有個起點。

第一次見面時，我們同桌共進甜點和咖啡；那個夜晚結束前，我們已經一拍即合。我們很快就同意，我倆在某種意義上都是邊緣人，常斜眼看待我們周遭的環境或日常生活，就連在與家人相處的情境上，我倆也感覺自己格格不入。我倆或許都可被歸類為「在大海裡獨踞的小島」。

魯那和日耳曼語言學毫無淵源；我對他專精的商業領域也同樣一無所知。如此一來，我們的偶然相遇不只使人感到愉快，更有教學相長之效。

結果我邀請魯那和我一同探索複雜、難解的比較語言學領域。他的出發點猶如一張白紙。我提到「語源學」、「原生字」或「音韻法則」時，他一無所知。他也不理解我說的「印歐語言」是什麼意思。不過，假如我提到印度語言、波斯語、希臘文、拉丁文、日耳曼語言或斯拉夫語言時，他至少能懂一部分。我說明，立陶宛語屬於波羅的海語言，也是現存所有印歐語言中最古典的。然而，我得進一步為他說明凱爾特話。絕大多數人都不知道，凱爾特人在被哥特人、法蘭克人、盎格魯撒克遜人等日耳曼部族趕到英倫三島最西北方的邊陲之前，曾掌握歐陸的大片地區。

我們第一次談到我的領域時，我針對原生字給了魯那一、兩個也許能激發他作為商人興趣的例子。一開始我舉出幾個和印歐語言中「牲口」有關的單字；其實，在歷史上的錢幣被發明之前，人類就以牲口作為交易的付款方式，而在當代，許多地區的人仍然這麼做。

要激發魯那的興趣並不難。他坐著，嘴角泛著愉悅的微笑望著我。他洗耳恭聽。

挪威文的*Fe*（牲口）一詞源自古日耳曼語的*Fēhu-*，可追溯至印歐語言中意為「牲畜」的「幼犢」*peku-*；拉丁文中意謂牲口、牲畜、幼犢的*pecus*或梵語的*pasu*，就是我們遭遇的這類單詞。在日耳曼語言的基礎上，我們也在*fahaz-*一詞讀到相同的字根，構成北歐語言的*fær*，在挪威文則為*får*（羊隻）。此外，這個古老的原生字還在一系列印歐語言中衍生出意為「財富」的單字，例如意謂著貨物、資產與錢財的北歐話單詞*fé*；我們從來自日耳曼語言的相同字根（在哥特語為*faihu*）衍生出英語中意為費用的*fee*。我們在拉丁文中發現同樣的軌跡：*pecus*構成意為「資產」或「財富」的*pecunia*，而拉丁文的*pecuniarius*意謂貨幣貿易或貨幣有關的事物，並造就了外來字*pekuniær*。

我可以告訴魯那的家人，我和他一年見面一、兩次，而且總是在八月新學期開始前的某個晚上。他會在七月間打電話給我，因此今年夏天他沒有主動聯繫，我為之一驚。不過我想，等我到了卑爾根就聯絡他。我們從未交換過電子郵件地址，或類似的聯絡方式。

我不能稱我們是密友，這樣的定位太過逾越分寸了；我本也無心拋下自己的事來參加他的葬禮。但我既然已經在卑爾根了，顯然無法拋下送魯那最後一程的念頭。他是我多年來在「挪威大酒店」共進晚餐的朋友。我僅聽過魯那談起他的家人；他每次唸起兄弟姊妹、侄兒和姪女們的名字，眼神便顯得哀悽。但他一提到科努特，眼神就為之一亮。

總之，我們也許共進過晚餐十次，總有醇美的葡萄酒、一杯干邑白蘭地和咖啡相伴。有幾次，我試圖搶在他之前付帳；我是說，我們至少可以各付各的、或輪流請客。但魯那的理解是，教師和講師都是低薪行業。有一、兩次，他也讓我付晚餐錢，我覺得這是確保我們能在對等地位上繼續對談的底限。他很能夠直言不諱，或是像我們所說的：說出「肺腑之言」。就算他不同意我所說的某些事情，他仍然直言不諱。而他也希望，我同樣能對他這麼做。

經年累月下來，我們對彼此已相當熟稔。我們也從未在「挪威大酒店」餐廳以外的其他地方見面。換句話說：最後，我們常在酒吧裡喝上一杯。不過呢，他可從沒邀請我到他家，到那棟位於卡伐特的偌大別墅去。

∴

此時，來自波姆洛的牧師不加矯飾地說明了兩個月前，那棟古老的別墅裡究竟發生了什麼事。搭配我稍後所聽到的說法（包括在追思會結束後和西格麗的長談），事情的經過主要如下：

魯那到地窖去、顯然是想從冰庫裡拿東西；許多跡象顯示，他很可能只是想拿加在一杯威士忌裡的冰塊。事後，其中一座小屋的廚房架上的確找到了一杯威士忌，只不過杯子裡的酒早就蒸發光了。

冰庫位於地窖中一個曾經存放腳踏車、滑雪器材和嬰兒車的偌大房間裡，如今地窖裡只剩下這座冰庫。魯那沒有子女，而他既不騎腳踏車，也不滑雪。而他優雅的品味，又不容許他只因為自己懶得把這些廢棄物扔掉，就讓它們繼續堆放在地窖裡。

然而，自從他接管別墅以來，他地窖門的槓桿鎖裝設就是錯的——那扇厚重的防火門必須從內以一把鑰匙打開，而從外面將鎖轉開卻易如反掌、不需要鑰匙。這樣一來，你根本就不可能被鎖在地窖**外面**——你只有可能被反鎖在裡面。

家族裡的所有成員都記得：六〇和七〇年代，地窖門內側的鎖上曾插著一把鑰匙。或許，這就是他們不得不一次又一次地召來鎖匠、好徹底解決這個致命錯誤的原因。孩子們還住在家裡的時候，就一直被耳提面命：每次進入地窖，一定得拿個什麼擋在門前；因此，一塊重達二點五公斤的金屬總是會放在那堵厚重防火門邊的地窖地板上。假如有人想躲起來、又懶得把金屬塊挪到防火門和門檻之間，緊急情況下，也可以使用總是插在內側的那把鑰匙——那把鑰匙，是**絕對不能**拿走的。

然而，就在六月中旬那個悲慘、不幸的夜晚，魯那走進了地窖，沒有把金屬塊挪到門檻前。他可能是忘記要這樣做，當然也可能是覺得，總可以用那把鑰匙開門、回到小屋裡。問題是：現在鎖孔裡早就沒有鑰匙了。

那把鑰匙為什麼會、以及如何被拔出鎖孔或拿走，包括魯那的兄弟姊妹、警方和消防局在內的所有人都不清楚。在一切都為時已晚之前，魯那本人對鑰匙——或者說，鑰匙的消失——或許根本想都沒想。當然，他也可能是發現鑰匙消失的那一秒鐘才驚惶失措、忘記將金屬塊塞到門檻前，而後獨自一人被鎖在偌大的地窖裡。此外，我們也無法確定，這是不是他那天晚上第一次去取冰塊。

被困在地窖裡的魯那，可能是因為天花板上的燈已經壞了，帶著一把厚實的探照燈。無論如何，當他在幾星期後被發現時，天花板的燈已經熄滅；那時候，他探照燈電池的電力也早已告罄。我們只能揣測，他到底在多長的時間裡保持探照燈開啟。不過，他倒是留下了自己是否省電的證詞：在黑暗的人生中，連短短幾秒鐘的光線都不可得、只能孤立地待在黑暗裡，正是他最害怕的。電池電力一旦告罄，一切就完了；那可是伸手不見五指的漆黑。

可是，假如魯那只需要為一杯威士忌取一、兩顆冰塊，怎麼不把威士忌酒杯一併帶進地窖裡呢？這倒不難回答，答案是：他只有兩隻手。他其中一手必須拿著那把沉重的探照燈，另一手則拿著手機——這是很有趣的細節：魯那可能是因為有人會打給他才拿著手機，這可能性是如此之大，所以他到地窖裡替威士忌取冰塊的幾分鐘裡，才都選擇帶著手機。他不想漏接這通來電。

我特別提到手機；要是魯那將它帶進地窖，求救根本不成問題。然而，就在他準備扭轉門鎖、開門的那一刻，他把手機放在那厚重金屬塊旁邊的地板上。門板在他後方砰然關上時，他只握著探照燈，手機在他能搆及的範圍之外；他的劫數，再也無法挽回。

在接下來的那幾天，他有時聽到手機響起；有幾次，鈴聲響得異常之久。關於這點，他也留下了清楚的證據；此外，也有外來證據能證實這一點。他高聲大吼、放聲尖叫，不過顯然無濟於事；那時，他孤身一人給鎖在被偌大莊園所圍繞的貴族別墅的地窖裡。然而，門鈴至少響過一次，而且聲音直達地窖。當時是一名DHL快遞公司的信差想送來一份包裹；事實證明，那包裹裡裝著兩部使用家用錄影機觀看的老電影，主角都是弗雷德．阿斯泰爾[27]和琴吉．羅傑斯[28]。

還有另一個證據與這樁驚魂記有關——也許是在下到地窖的途中，魯那撿起了一條伊莉莎白．雅頓的口紅；西格麗可能是在前一個月拜訪叔叔時，將它遺落在玄關或某張書桌上了。總之，魯那將這條口紅帶進了地窖。它將會扮演相當重要的角色：毫無疑問地，那是西格麗的口紅。

警方表示：從防火門在魯那背後砰然關上的那一秒——亞格奈絲，那該是怎麼樣的一秒啊！——到他嚥下最後一口氣為止，想必也經過了兩個星期。這並不容易鑑定，因為事情發生後，在那道厚重的鋼製防火門被撞破、魯那的遺體得以接受法醫鑑定並根據基督教儀式下葬之前，又過了好幾個星期。

他就在那恐怖的繭裡生活了兩個星期。他能夠撐上這麼久，正是拜冷凍庫所賜。它在兩周裡確保了魯那的存糧和飲水。除了麵包和肉，冷凍庫裡還冰著冷凍紅莓汁、黑莓汁和酪梨口味的蘋果西打酒。自從魯那接管別墅，他就高度熱中園藝。最後告罄的想必也是飲料；到了最後，冰庫裡還剩下較多的麵包和肉類，但蔬菜、果汁與果醬卻已告罄。

這種特殊的生活狀態，當然也有其自然原始的一面；但我除了指涉魯那的樂觀天性在他生命中最後幾天遭到一定程度的考驗外，選擇不深入描述細節。地窖有四個角落，而冰庫只占其中一角。

現在，亞格奈絲：妳想必已經聽過某件事，也許比我知道得還多；或者，莉絲對這起丟人現眼的家庭悲劇也感到如此不堪，因此選擇了沉默？我並無法聲稱這是不可能發生的事，然而在事情發生後、我倆於幾年後見面之際——妳深陷悲痛，而我則做出妥協——家人之間，想必已經議論紛紛了。

不管怎樣，妳一定知道某件事情。使人難以理解的是：就在短短幾星期前，我們在那趟漫長的車程中偶遇，卻沒有聊到這件事。否則，我們其實已經聊過大多數事情了。

我永遠不會忘記妳說的、關於妳表哥掉進井裡的故事。整體來說，想到妳和圖勒是如何

---

27 Fred Astaire, 1899-1987，美國電影演員與歌手。

28 Ginger Rogers, 1911-1995，美國電影演員與舞蹈家。

一同成長，是很感人的。他成為腦部研究員，而妳，亞格奈絲，則成了心理診療師。心理如大腦：在本質上是如此吻合，卻也是如此不同。

圖勒忽然和麗芙—貝莉在一起，而且開始將**她**帶到那棟你們從小就有著強烈情感的古老鄉間小屋；妳會感到忌妒，這我倒是不難理解。那可是你們從小就共同占有、與彼此分享的天堂。我可以理解這有多痛苦、甚至撕心裂肺。因此，妳最後做了唯一正確的事：把麗芙—貝莉變成可信任的女性朋友！

但是，先回來談那趟車程吧。我快步跑進印歐語言學這座被我稱為一大奇觀、充滿動詞變化、有著引人入勝原生字庫和宛如生物界多樣主題，諸如貓、盆栽、麻雀或嚙齒目動物、使人驚異的探險森林；而坐在乘客座位上的妳，正聚精會神地聽著。

∴

活在人世間的最後幾個小時，魯那以西格麗的紅色唇膏，在粉白的牆上寫下自己的想法和垂死的吶喊。然而，在那座陰暗地窖裡發現的文字既缺乏連貫性，又逐漸變得難以理解。每一個字母、每一個字、每一句話，幾乎都必須予以解讀，某些部分甚至只能憑空猜測。多處文本難以判讀，足以顯示它們是在一片漆黑中塗寫出來的。然而，那有欠清楚的字跡和難以解讀文本意涵的問題，可以歸咎於書寫工具，以及隨著時間流逝，書寫者的體力逐漸耗盡。

根據我所聽到的，我認為，將魯那在地窖裡寫下的記錄和自西元三世紀以降、如尼石碑上閃亮的文字放在一起類比，是說得通的。藉由西元五世紀起著名的金色號角，我們得以一窺日耳曼人在我們踏上歷史舞台前數百年的想法和心思：吾乃萊耶斯特，為霍爾特之子，製造此角……中世紀以降的所有如尼石柱，猶如當時的社群媒體網站，有著下列這種日常訊息：我在斯塔萬格（Stavange）的時候，英博麗愛上我了。

內容精簡的如尼文字，創作的時間線相當綿長、竟超過一千年以上。在無盡的時空之流中，它們只不過是個小瞭望孔罷了；在整個日耳曼語言區內都有如尼文字的蹤跡。由於民族遷徙的緣故，日耳曼語系區涵括了歐洲大片領土。

魯那用西格麗的口紅在地窖牆壁上所畫的，僅僅是他死前最後幾天、內心奔騰的想法與情緒的浮光掠影。牆上的任何文字均未顯示，魯那對自己在為時已晚之前被發現，可能抱持過任何希望。

葬禮前，魯那的兄弟姊妹、姊夫們和他們的其中幾個子女去看過那棟位於卡伐特的古老貴族別墅。他們覺得，即使這位親兄弟已經過世，他們還是有義務拜訪他最後一次。這樣一次巡禮是他們避免不了的；此外，這棟別墅也得賣掉。魯那並未留下任何遺囑。

他們逐一檢查每個房間，瞠目結舌；他們幾度高聲嘆息，但所有人都努力保持沉默。那棟他們曾成長其間的屋舍，如今已完全不同了。前屋曾巧妙地點綴過別墅主建築的入口、也是新藝術運動風格家具的陳列處，如今則被改建成一座簡單的家庭電影院；廚房經過現代化，在舊出菜間拆除後又擴建；圖書館裡，所有古色古香的桃花心木書架、書架上骨董般貴重的書籍和舊地圖全被扔掉，取而代之的是塞滿現代化相簿、醫學書籍、攝影期刊和家用錄影機系統及DVD格式遊戲光碟的優雅櫥櫃。幾乎所有的起居室都經過多項而全面的改裝。只有餐廳維持舊觀，包括那四張孟克畫作的複製品。

地窖清理乾淨後，手足們也結伴下去看了。他們並不想下去，這只是他們要求、推託給彼此的義務罷了。

他們事先從警方得到一份狀態報告書，並交代清潔公司不要處理牆壁；針對這點，他們也達成共識。在一切都被粉刷掉之前，手足們認為，出於羞恥心，總得下到那間恐怖的死亡之室，讀一讀魯那究竟寫了些什麼。說不定，他的留言就是針對他們。

就在手足們共同巡查童年故居、尤其是走訪地窖之際，西格麗和我一對一單獨談話、提到在追思會上沒被公開談起的事情，描述得十分鮮活。

西格麗強調，魯那與我的聯繫，對他來說一定意義重大。他可沒多少這樣的朋友和熟人。這位迷人的姪女私下告訴我，魯那本人很內向，沒有和外人聯絡的習慣，因此想必是我的某些個人特質打動了他，使他在我們於「挪威大酒店」餐廳第一次相見時，很快就對我坦誠相待。我認為這說法真令人愉快。這種評語總是使人感到欣喜。人們絕少使用友善的言語對待彼此。

魯那在其中一面牆壁最上方，用大寫字母寫著**壁上文**；歐文德、班特、莉絲和蜜德麗覺得，也許這是他最初寫下的幾個字，作為標題或主題。無論如何，這幾個字母完整且呈一直線排列，不像其他許多寫在牆壁上的文字。

魯那想必是在一開始——也許就是門板在他後方砰然關上之後的幾分鐘——就打定主意要留下最後遺言。也許，他甚至還想過：他那些兄弟姊妹，總有一天會聚集在這幾面牆前。不管怎樣，現在還真是如此。莉絲說，弟弟刻意為家人留下一個機會，讓他們看到他最後幾天、幾小時的生命。

地窖有四面牆，這四位繼承人站著、讀起各自面前牆上的文字；他們在內心默唸，也低聲呢喃自語。然而，他們逐漸開始高聲朗誦給彼此聽。

現在，當我試圖引述這段語料庫時，所引用的僅限於西格麗所提供的內容。為了使各句流暢，我必須在一定程度上使用新詩在格式上的自由性。

這些句子與句組可區分為三種不同類型。第一型以魯那身處的房舍和房間為出發點；第二類最接近格言或哲學性小品，第三類則指向我們所謂的「自白文學」。

魯那寫道：

「糟透了，糟透了……電話響了……電話又響了……門鈴響了，它好幾個月沒響過，一定是推銷員……我大吼、尖叫……沒人聽到我……手機又響了，響了很久……光線變弱了，我努力省電……我好怕失去光線……睡著了……房間裡味道真臭……離我最近一次開燈，已經過了好幾個小時……不知道現在幾點鐘了，可能是半夜，也可能是中午……又睡著了……我夢見自己游到最深的礦井中，看到一切謎團的解答……像海豚一般游到最神聖的地方，但一切都被遺忘……手機響了，我想那是西格麗……最親愛的西格麗……當我搆不到手機時，妳得把這份思念轉達給我……睡了又睡，從一個又一個刺激的探險裡醒來……大腦煮沸了，現在開始冷卻下來……不要放棄希望……西格麗，只有妳救得了我……摩頓，米莉安和奧莉薇——難道我再也不能擁抱你們了麼？」

那面白色牆壁上，還有著另一種完全不同的思維：

「我們是鬼魂……難不成只有我看到，我們都是鬼嗎？萬有的相反是虛無，而虛無的相反就是萬有。把我的虛無全抽走，把我的萬有還給我！……關於萬有，沒有什麼好說的……銀河就像百老匯，是劇場之路……地球就是一種疾病，這類腫瘤在五十億年前出現……上帝有很多方面，是可受批評的。祂最無恥的特質，也許就是祂並不存在。不過，好吧，沒有人是完美的……如果沒有意識，也許就完全是另外一回事了，像是*gmein*[29]，或是*gloin*……江山易改，本性難移……來了第二封信，新來的鳥在樹枝上巧囀，守衛要輪班了……立正——稍息！」

此外，他們還看到了：

「噢，我多麼熱愛生命，熱愛這座城市，這些山岳；在草原上神氣活現、昂首闊步的那些小男孩……科努特！現在，你在哪裡？……最近在這城裡遇到一個志同道合的男子，不可思議……」

魯那每次聽到手機在外面的走廊上響起，就會在其中一面牆上記錄下來。在他被尋獲、一切都結束以後，警方檢查了那支手機；當時，它已經完全耗盡了電力。他們很快就能為家屬還原手機的通聯記錄。

所有來電都是西格麗打的；魯那進入地窖時，就是在等她的來電。最後，因為叔叔都沒接聽她的電話，她察覺事態有異，於是報了警。她擔心他可能遭到什麼不測；他可能是生病了，或是失去自理的能力。

西格麗堅持一定得進到別墅、察看他的狀況。由於西格麗那些住在卑爾根的叔叔或嬸嬸們都不願幫忙，她只能向警方求助。儘管如此，警方還是在一段時間後才接手這件事。西格麗知道這位叔叔常常到外地出差，不過兩名警員最後還是闖入了那座素有聲望的別墅；他們需要向消防局求助。

---

29 作者表示，這是為了反映魯那已神智不清所自創的虛字，並非真實存在的字詞。

那四位將繼承別墅和魯那其他遺產的親戚佇立許久，讀著那些用紅色唇膏寫在地窖牆上的字。他們換了位子、然後再換了位子，讓大家能輪流看到弟弟寫下的所有文字。隔天，牆壁就重新粉刷了。

葛瑞絲・西希莉

二〇一一年十二月二十二日，我參加了一場葬禮。葬禮在西墓丘那座擁有超過一百年歷史的禮拜堂舉行；亞格奈絲，我就是在這場葬禮後的追思會上遇見了妳。在那之前，我們素不相識；但在禮拜堂裡，我就已經認出妳是葛瑞絲・西希莉的妹妹。妳有著那同樣閃亮的眼神。

我在這裡，又遇見了艾瑞克・路德因的幾名後人。是艾瑞克的女兒麗芙－貝莉、妳的表哥圖勒，以及他們的女兒圖娃和米亞。那時我還不知道妳和他們之間的關係。

十年前，圖娃在外公的葬禮上以美妙的歌聲獻唱了《高地仙女》，當時的她還是個無足輕重的十五歲少女；現在，她已是個二十五歲的成熟女人了。她甚至比年長五歲的姊姊出落得更美麗、聰明。在所有的工作中，她偏偏選擇了房地產仲介。要是讓我來猜，鐵定會猜某個完全不同的職業。那就像北歐神話裡、世界樹上掉下來的蘋果那樣天差地遠。然而，她肯定協助處理了許多公寓房的買賣。

不過，我又何必講這些呢？妳是看著圖娃和米亞長大的。

過去十年間，我沒見過路德因家族這一支中的任何成員。就算奧斯陸是個小城市、挪威是個小國，我在一場葬禮上再度遇上同一家族的成員，還是很神祕難解的事；這可是第四次了。

整條線就此串聯起來，我在各場葬禮上分別見過了艾瑞克所有的子女及其家人：在亞德蓮的葬禮上遇見瑪莉安娜、斯威爾和郁娃，在魯那的葬禮上遇見姜－皮特、莉絲和他們的孩子，而這回則是麗芙－貝莉、圖勒和他們兩個女兒。

我和路德因家族之間，莫非有某條隱形的線相牽？

我覺得，該是提出這個問題的時候了。然而我稍後就會證明：我敘事中的主線，或是我陳述中富有史詩色彩的一致性，背後的原因其實非常自然。到目前為止，仍有某件事遮蔽了這原因；但我保證，會回頭說明這一點。

訃聞是這樣寫的：「我至親至愛的女兒，我們摯愛的姊妹，媳婦，嬸嬸和嬸祖母葛瑞絲．西希莉．博耶．歐爾森，生於一九五九年二月八日，於二〇一一年十二月十三日倉促地離開了我們……」

這份匆促的公告，由葛瑞絲．西希莉的母親妮娜、兄弟楊－奧勒夫和伍爾夫及其配偶諾恩和英格麗，以及手足中年紀最小的妳——亞格奈絲——共同署名。隨後，才是一成不變的

「其他家人」。

我並不認識你們當中的任何一個，卻對葛瑞絲．西希莉的悲劇性身亡經過知之甚詳（在我看到《晚報》上訃聞的前幾天）；我看了媒體報導，教師休息室的一位同事也告訴了我事情經過。

葛瑞絲．西希莉是住在另一個城區的數學與物理講師；此外，她還擁有太空物理學博士學位。

聖誕節前兩天的那個下午，我記得自己從福羅格那公園[30]後方的停車場緩步走出。無論是在教室還是教師休息室，這都是個忙碌、幾近累人的秋天。我和幾個學生相處得很融洽，有著接近同事間的關係、而又能尊重彼此的角色；但這少數人，卻被一大票無聊、連帶使我也感到無聊的學生給淹沒了。在一片急切、血氣方剛的喧鬧中，印歐語言的聲韻法則又怎麼能站得住腳呢？

這是冬季的天氣：陰沉多雲，氣溫是攝氏零下兩度，幾乎完全無風。一層晨間剛落下、相當薄的積雪，覆蓋在通往禮拜堂的路上、草地與墳墓上，以及大道兩旁鉛華落盡的橡樹

30 Frognerparken，位於奧斯陸市區西北部的雕刻公園，園內有挪威名雕塑家古斯塔夫．維格蘭（Gustav Vigeland, 1869-1943）的大量作品。

上。雖然離聖誕節還有兩天，許多墳墓前的燈卻已經點亮了。很顯然，許多人早已經離開城裡，去度聖誕假期了。

我望向左邊，向吉普賽女王婁拉・卡洛莉那富麗堂皇的墓投去一瞥。我專注地想著葛瑞絲・西希莉，以及在聖誕節的忙亂中，突如其來的那場悲劇……

她正穿越波格斯塔路；那是人行區，但她也許沒有仔細看清路況。在冬季的昏暗中，視線很不清楚，而那又是個風雨交加的午後。不管怎樣，一列布里斯克比（Briskeby）線的路面輕軌電車在拐入霍爾特路前一個街區時撞上了她；葛瑞絲・西希莉幾乎當場死亡，那名電車駕駛旋即遭撤職……

這一切妳都知道；我並不喜歡挖掘這個舊瘡疤，但妳竟然要我這麼做。妳要我描述我在那一天的感受，還強調是那一整天的感受；我在這裡所描述的，也正是我走近那座花崗岩和滑石所建、舊教堂入口前的一大群人之際所想到的。

在入口前我就注意到、也認出了圖娃；我理解到，和她站在一起的想必就是妹妹米亞，而她已不再是個笨拙的青少女了。這兩位戴著花俏淑女帽的年輕女士，就在堂姑的葬禮上見面。是的，堂姑，我發現葛瑞絲・西希莉是圖勒的表姊妹。即使麗芙—貝莉保留了自己的少女名，我在同桌對面還是聽到：圖勒叫做博耶・歐爾森。在艾瑞克・路德因的追思會中，他稍微炫耀了一下，表示自己和傳奇般的北歐研究學家馬格努斯・歐爾森是遠房親戚。牧師在對艾瑞克的追思詞中，提過馬格努斯・歐爾森。我在閱讀訃聞時沒有聯想到這件事。我疏忽了，但有時候，要記住的名字實在太多。

圖娃和米亞很快就走進禮拜堂，我想，直到我們一個半小時後、在後庭餐廳的追思會上見面之前，她們都沒注意到我。這時，圖娃忽然一驚：我在同一秒鐘意識到，她一定已經聽說我參加桐森教堂和卑爾根葬禮的事了。我能從她警戒的眼神中讀出來。

我幾乎得強調，從她的角度，我又在這裡出現，實在是件詭異的事。

一看到圖娃被嚇了一跳，我覺得自己像隻鬼。這種感覺並不舒服。

文學和電影史上，對人類遇見鬼魂時的反應描述得相當豐富。他被嚇得要死——可是，鬼魂的反應呢？他們和自己的後人、和仍在世的人正面遭逢，一定也是嚇得半死。

或許鬼魂也有感情生活。我得說，文學界對這點，幾乎完全沒有著墨。舉個類似的例子：許多電影描述人類遇見外星人時，都感到驚懼交加；但那些外星人的反應呢？他們和我們正面相遇時，會有什麼反應呢？我們不是應該稍微努力一點，至少描述一下他們的驚駭呢？

我們也是很具聖靈的。套句德國宗教史學家魯道夫・奧圖[31]的話，我們也代表三位一體的神祕與奇幻。除了我們以外的所有生物，都為我們的高深莫測震驚不已，然而我們卻不自知。我們對自己的特性一點都不訝異。也許我們就是宇宙間最大的驚奇，在日常生活中卻

31 Rudolf Otto, 1869-1937，德國神學家。

絲毫沒意識到這點。想想看：要是有其他生物來到這裡、發現我們，會是什麼光景！

圖娃被嚇到的同時，我也為之一驚。她讓我從外檢視自己，發現自己是個特別怪異、或不可捉摸的人。現在就像是在玩捉迷藏一樣；找到，以及被找到的人，都可能會輕呼一聲。

一如妳所記得的，牧師在追思詞中強調了非常明顯的一件事：葛瑞絲・西希莉的心智如此開朗、光明，卻正好在聖露西節[32]過世。他說出這句話時，電燈突然閃動；妳記得嗎？戶外，天色開始變得漆黑；這是冬至，是一年中最黑暗的一天。頃刻間，只剩下那些有生命的光線仍然在燃燒。即使幾乎所有人都認為電流的閃動只是巧合，我還是相信：那時，我們當中有許多人感受到葛瑞絲・西希莉就在現場。這對群眾也產生了一定影響，要想看清那只是被牆邊冰冷玻璃板前鮮花所掩蓋的白色棺木，變得更加困難。

牧師又做了一個類比，指出葛瑞絲・西希莉將自己在人間的相當一部分生命，用來研究天上的發光星體。我很了解葛瑞絲・西希莉對太空物理學的熱愛，以及她在科學上的貢獻。我研讀過她的博士論文；即使我只是個門外漢，那篇論文仍舊非常吸引人，光是標題就足以激盪讀者的思緒：《意識是宇宙間的偶然性嗎？》

我一看到標題、一開始思考它，它就深深植入我的骨髓。我想到，這裡所提出的問題，想必就是全世界最適當的問題。但我在閱讀過程中，也多次感到疑惑：學界居然允許一篇自然科學論文，採用如此草根、平民化的標題。

我不需和妳確保，我幾乎完全不理解葛瑞絲．西希莉研究成果中的數學。但是，拜那明確的論證所賜，我學了許多原子物理內容。是的，亞格奈絲！我想著大爆炸後一微秒內，那從夸克—膠子漿開啟，經過原子核、整顆電子和電子層，到恆星、行星、活細胞、神經細胞和突觸，引人入勝的道路——或者說，上坡路。還有，意識——高度危險地承認同一個宇宙！我們竟和這場虛無中發生的宇宙大爆炸有關，而這場大爆炸在一百三十到一百四十億年後，變出了自己的想法。這很值得注意。

葛瑞絲．西希莉從宇宙的觀點，看待自己和自己的存在。我們的語言中已經有了「全世界的」這樣的單字，但在妳姊姊的情形下，這樣的名稱可以附加上一大堆衍生義，而這個過時、老掉牙的單字也可以被「地球」或「行星」更妥善地取代——它們只不過是愚鈍地表述各個事件的時間與空間分布罷了。

我是誰？人類這麼問。當葛瑞絲．西希莉提出這個簡單的問題時，宇宙問自己：我從何處來？又要往何處去？

宇宙藉由人類的智力，掌握住自己的神蹟，吐露出自己的祕密。

妳對葛瑞絲．西希莉論文前言中的這些觀點，一定非常熟悉了。話雖然這麼說，兄弟姊妹之間也不總會仔細深入了解彼此的工作。手足關係有淪為純粹私心算計的傾向，和其他可能具有普世價值的觀點相比，也幾乎可說是包羅萬象了。

---

32 Lucia，為瑞典慶祝光之仙女聖露西的節日，亦是一年中黑暗時間最長的一日。

在禮拜堂裡，我就看到那名曾出現在艾瑞克．路德因葬禮上，身材高大、膚色黝黑的男子。

我相信，直到我們在後庭餐廳集合之前，他都沒發現我。也拜到場人數眾多，我得以順利避開他。必須和他四目相對，然後按照慣例向他點頭致意的想法是如此令人作嘔，使我在眾人一進入那典型的實用主義風格餐廳時，就小心翼翼地閃到場地的另一端，避開了他。

如此一來，亞格奈絲，我就與妳同桌了。會場都排放長桌，配置得相當密集，而米亞和圖娃最後也被安排到我們這桌。我記得圖娃似乎向後方投來一瞥，又在坐定前將目光收回；她彷彿在思考著該怎麼做，才能避免和我同桌。不過「大風吹」的遊戲很快結束，正是所謂的「所有旅客登機完畢」。這位年輕的女聲樂家再也沒有其他選擇。

我不認為米亞從十年前那次見面認出了我。對她而言，我想必就只是個不折不扣的陌生人；此外，我只是個年齡漸長的男子，完全在她感興趣的範圍之外。

桌邊所有人，從以前就認識彼此了，而我是唯一的例外。在我們所有人當中，我和葛瑞絲．西希莉的關係，算是最邊緣化的。

圖娃可能感覺到，自己有義務在私下的暢談、閒聊開始前使場面正常化，或和緩下來；她看著我說：「我們以前想必見過。你不就是我外公的學生之一嗎？」

我點點頭。

「日耳曼神祇，還有蘇格奈灣的知性漫步之旅？」

我再次點頭，有點被這位年輕女士的好記性給鼓舞了。而即使米亞在上次見面時還如此少不經事，在此同時，她一定也想起了我是誰。當時同桌的不只有我、米亞和圖娃，還有她們的雙親——麗芙—貝莉和圖勒。在那之後，她鐵定也聽說關於我的事了。對她而言，我呈現的形象恐怕很醜陋不堪。

我猛然意識到：圖娃問那兩個問題，並非出於自身的興趣，也並不需要任何肯定，而只是要用一種謹慎的方式，讓妹妹留意到我是誰罷了。

考量到這一切，不消多久，我就得說明自己是怎麼認識葛瑞絲．西希莉的。所有人的目光都轉移到我身上。這點妳知道，妳也向我投來詢問的目光。但妳給我的指示是，把我自己的經驗據實描述出來；此刻，我就坐在哥特蘭島上，振筆疾書。

我就葛瑞絲．西希莉發現自內心對自然的熱愛，說了幾句開場白；她個性中的這一面讓我想起亨瑞克．威格蘭[33]。她熱愛在山岳間徜徉，對蘇格奈灣和挪威西部地區更是情有獨鍾。不可否認，你必須深入高聳的山岳間，才能體驗到相對未遭受人為破壞的大自然。

她充滿活力地點點頭；這給了我繼續說下去的勇氣。我大概說了以下的內容：

葛瑞絲．西希莉大約才七歲時，就對我們所有居住的宇宙深感著迷，但這並不意謂她無視於她所居住星球上、她周遭富麗多彩的生物圈。畢竟，一隻夏季飛鳥或蠑螈科生物身上的

33 Henrik Wergeland, 1808-1845，挪威作家。

複雜性，豈是天空中星辰所能夠比擬的呢？年輕時，她就自問：地球上的生命究竟是如何誕生的？天文學最深刻的基礎，也正是她自己所居住的、這座豐饒的伊甸園。這趟冒險，是如何創造出來的呢？

我覺得：妳為我此刻和桌邊所有人分享的追思詞，再次感激地點點頭。妳露出微笑。

我說：「對人類關於超自然存在的想像，葛瑞絲．西希莉大可一笑置之。而她也常說：她並不信宗教。然而，我卻從她身上看到自然神祕主義者的影子。她可以將一把小提琴放在兩指間，宣稱沒有任何一把小提琴是相同的；她留意到大自然中個體的獨立性，也同時注意到萬物中的一致性。世界上的一切——包括我們行星上自然界與外太空裡的一切——最後都將回歸到同一道原力，或同一處起源。甜美的鴉拓花，或是枝上的紅腹灰雀，都為全宇宙帶來巨大的戲劇張力，一如月亮、小行星或黑洞；一切生命體中，就算是最微小的成分，也都充滿著大爆炸後最初一毫秒內所產生的物質。組成我們的原子在星辰間沸騰，而後爆炸、被送入太空中……」

妳第三次點頭，顯然是受到了啟發。但我懷疑包括房地產仲介商米亞在內的其他人，是否理解我在說什麼、或我為什麼要用這麼正式的口吻說話。

我已經自我介紹、提過自己是講師；妳問道，也許我多年來都和葛瑞絲．西希莉是同校同事？不然，我們怎麼會在這時見面？想探聽這一點的，可不是只有圖娃而已。

我表示：多年前，我在挪威西部歐蘭德峽最高處的東橋遊客度假屋遇見了葛瑞絲．西希莉；我們以單身遊客的身分去到該地，其實還搭乘了同一輛巴士，但先前卻素不相識……

這時，妳看來稍微若有所思，但也只是稍微而已。我不完全理解。稱我們是「單身」，這樣很瘋狂嗎？如果我現在對此有誤解，又真有那麼嚴重嗎？

我說我們在喝酒時碰面，隔天早上就一同到風景秀麗、壯闊的維斯畢格迪峽谷展開漫長的郊遊；隨後，我們又在那裡叫了計程車，同抵達位於富隆姆的弗雷德漢旅館。

米亞很快就皺皺鼻子，望著姊姊；圖娃臉上則是一副惱怒、近乎輕蔑的表情。她看來隨時都可能插嘴。然而，妳沒說話，只是嚴肅地盯著圖娃，彷彿在示意：「不行，圖娃，不准插嘴！」妳將目光轉移到米亞身上，又彷彿在說：「妳也不准插嘴，米亞。」妳讓相同的信號傳遍整張桌子。

妳再度看著我，點點頭，示意我繼續說下去。

我詳細地描述了我和葛瑞絲・西希莉那趟歐蘭德峽之旅。我們以目前對宇宙的認知，展開了一段關於存在奧祕的深度對話；我渲染了一下這段對話。被我們稱為暗物質和黑暗能量的，究竟是什麼？最重要的：大爆炸**是**什麼？但是，我們不僅僅是在太空中打轉而已。我還描述我們如何鑑定沿路上所見的山岳與草地型花卉品種。我還提到痠痛的雙腳，點起營火，以及在山溪間裸泳。

然後就說到「雙腳」了。我們是**徒步健行**，這又給了我集中討論自己專業領域的好機會。我從自己富可敵國、猶如珠寶箱的古印歐語言字庫裡掏出幾個尊貴的例子，試圖將我對語源學的熱忱傳染給葛瑞絲・西希莉。其中一個例子，正是各印歐語言中意為「腳」的單字。我說：北歐各語言中的*fótr*，和英文的*foot*與德文的*Fuss*一樣，都源自於日耳曼語系中的fot-一詞，而它又能被追溯回印歐語言中的字根ped-。我們能在整個印歐語區中找到這個字根的衍生字，像是梵語中意為「腳」的pad-，而以巴利語[34]寫成的佛經*Dhammapada*（《法句經》），意謂著「腳步」或「韻腳學」；以及我們能在*pedal*（踏板）或*pedikyre*（足部與腳趾甲治療）等外來語單字中找到的拉丁文*pes*與其所有格*pedis*，或是在*podium*（講台，原義為人『站著』的平台）這個外來字中出現的希臘文字，像*pous*——朗讀古老的祭神詩或唱出《高地仙女》中的歌謠時，就是站在講台上。在此，我暗中指涉圖娃。

好吧！我描述了我和葛瑞絲・西希莉在當天傍晚到弗雷德漢旅館辦理入住手續、進駐各自的房間（我們都是預先訂房）；我們在此共進了一頓四道菜的豐盛晚餐，並於晚間一同散步，還在旅館庭園裡開始新一輪的深度對談。

這時妳插嘴了。妳以難以言喻的激動神情看著我，說道：「可是，葛瑞絲・西希莉是身障者啊。六歲時，同樣是因為一次不幸的交通事故，她成了身障者。因此，她七歲時就有了自己的第一架望遠鏡……」

「是啊，」我淡淡地說。「是啊。」

妳繼續說：「在她學會閱讀之前，她就告訴過我們，自己看到天上的那些星體。她可以一連幾個小時坐在輪椅上、調整接目鏡，聚焦在木星的衛星、我們月亮上的火山口，或是離我們所在銀河系數百萬光年的仙女星座。總之，她在日常生活中或許是身障者，然而，當她跟著光速移動時，這就不是什麼障礙了。」

我無言了。我終究被拆穿了。這感覺真好。它像某種形式的和解與慰藉、籠罩在我身上，是一種被打敗的休眠感；現在，這一仗已經輸了。

然而，在我能從那裡脫身前，我還得再嚥下幾杯毒酒。米亞只是呆望著；她已經身歷其境了。之前她只聽過某件事；但現在，她已成為目擊證人。圖娃繼續坐著，眼神輕蔑，臉部表情僵硬，就像威尼斯嘉年華會上的面具一樣不屑、伸長鼻尖。

現在，追思會的大半流程已經結束；我朝會場望了一眼。我開始想著該如何告辭。我精疲力竭。自從母親過世後，我就持續感到精疲力竭。我感到自己想進城喝一杯。我可以到冬港區（Vinterhaven）的布里斯托旅館，或是「歐陸大酒店」每日營業的酒吧坐定。

在會場的另一端，那名身材高大、膚色黝黑的男子正與周圍的賓客高談闊論；不過，很詭異地，他似乎已約略發現在我這桌發生的事。這個會場空間並不大。有那麼一秒鐘，他的目光盯上了我，我察覺到他臉上掠過一絲獰笑。他贏了。

但是，我半站起身來，轉向妳說道：「那我真是感到抱歉，我來錯葬禮了……」

我該怎麼描述妳的表情呢？不那樣兇悍、嚴肅，反而有一點坦誠、詢問的意味。不過，妳只是說：「來錯葬禮？」

我腦海一片空白，像是被訓斥般困窘不已，說道：「我是說，我的葛瑞絲．西希莉也許還活得好好的。」

---

34 Pali，古印度一種俗世語言。

這理由荒唐極了。有幾個名叫葛瑞絲．西希莉的人，曾寫過太空物理學博士論文？

我已經完全站起身來、打算離開。但就在同一刻，妳捉住我的手臂、要我留下來。妳要我留到整場追思會結束為止。妳理解我的處境艱難，但妳要我別走，妳央求著。

我覺得妳的反應很弔詭，使人費解。妳說我把妳姊姊的形影描繪得栩栩如生。妳為我的描述向我道謝。我所說的一切都是如此精確、傳神，只有一點有誤，而妳和葛瑞絲．西希莉本人都認為，她在世時，這一點的重要性被渲染了：她無法行走。因此，禮拜堂裡沒人提到這件事，報刊裡也沒寫到這點，這顯然是家屬明確提出的要求。究竟在意外中罹難的行人是雙腳站立、還是坐在輪椅上，本身就沒有意義。我的一位同事，曾和葛瑞絲．西希莉一同學習多年，他對這位女學伴是身障者一事，從來就沒表示過任何意見。不管是從葛瑞絲．西希莉的為人，還是從波格斯塔路發生的事故來看，說明這點都沒有任何意義。

但妳也補充，妳多麼希望姊姊能像這樣健行；亞格奈絲，妳說妳多希望她能夠和一位像我這樣的男子健行，雙腿痠痛、汗水浸濕T恤、點著營火、在溪間游泳——以及隨後在舊旅館的庭園裡繼續暢談著存在的奧祕，直到夜深。

我的故事中唯一不太適切的，就是那趟在崎嶇地形上的惱人健行。但是，正如妳所強調的：現在，我把這也給了她。我讓葛瑞絲．西希莉參加了那次健行。

我被妳的善意打動了。稍後，我離開了追思會；我想我趨身向前、給了妳一個擁抱。不，我知道自己確實這樣做了；我不常這麼做，而這也很難發生在我身上。然而追根究柢，擁抱妳的並不是**我**。我扮演了葛瑞絲．西希莉彬彬有禮旅伴的角色，擁抱了妳。

我轉過身、正要前往出口處取大衣時，聽見妳對桌邊的其他人說：「我不懂，他是怎麼辦到的……」

我也仍然不能理解：妳怎麼會用近乎哀求的口吻，請我待完整場追思會。

在後庭餐廳外的小廣場上，我發現一座精美的雕像，一個立在大理石架上的小女孩。我在一塊金屬板前彎下腰，看到那是托爾．瓦爾的作品，雕像名稱是「七歲」。

我佇立著，愛上了那個小女孩。我從來就沒機會生育一個女兒。那是無以名狀的奇幻體驗：擁有一個女兒。

小女孩的年齡，恰好就是葛瑞絲．西希莉獲得第一座望遠鏡時的年齡；然而，她當時已經坐在輪椅上了。

派勒

我在七〇年代初期來到奧斯陸以後，開始參加葬禮。

我來自位於艾蘭道爾的歐爾鎮，在首都裡沒有任何熟人——沒錯，一個認識的人都沒有。母親於前一年過世，而我在五、六歲時就和父親斷了聯繫，但對他的記憶非常清晰：他留著墨黑色長髮、鼻子上長著一顆大大的疣。此外，他會微笑。父親會微笑。他對幾乎任何事物都露出微笑。

父親的名字是愛德華・雅各布森；正如我提到過的，他來自卑爾根。他只在往來挪威東、西部時，才會在歐爾鎮停留。我出生後一段時日，會開始在院子裡駐足、藏在木工坊或茅草儲存庫裡；我不記得他在那之後曾長期定居在歐爾鎮。然而，有個聲音從陰暗的過往中對我說：他絕少去那裡。母親從不渲染這種問題，而我也從不問起。畢竟，這已不再具有任何意義。我覺得母親打我五、六歲以後，一年到頭想必都是這麼孤苦伶仃。父親和我有留下幾張照片，一些是在溪邊拍的，他手持釣竿、足蹬長靴；一些是在院子裡拍的，還有其他一、兩張在瓦爾茨和雷明斯船鎮的照片。這些都足以顯示，父親從未真正在歐爾鎮定居過。你當然不會到處飛來飛去、再隨便用幾張和你共同生活的人的照片湊出日常生活情景，至少在這裡不是這樣。我的理論是：母親拍下這些照片，以記錄我曾有個父親——或者說，我是在某種意義中的家庭裡長大的。

我開始上學的那年夏天，母親帶我參加了歐爾節；那裡有對新婚夫妻騎在馬背上，像是要以最正統、經典的方式結婚，或只是想瞧瞧昔時傳統的哈林達爾式婚禮。眾多賓客沿著歐爾峽灣、跟在新郎與新娘後面，我們也在其中；那簡直是仲夏時分的國慶日遊行隊伍。當時我才七歲，對這一切已經記得不太清楚；但就在我們到達歐爾鎮博物館時，我從母親那兒領到幾克朗，最後在湯博拉[35]贏來一個仿真人的傀儡娃娃。那就是派勒；他在比較正式的場合自我介紹時，用的是全名：彼德·艾林格森·史柯蘭多。

亞格奈絲，妳見過他了。我無法不注意到，在我們要開車從艾蘭道爾出發時，妳對他的印象就已經非常良好。妳說，妳為他傾倒。開了幾公里後，妳又說：妳「撲通」一聲傾倒在地了。

所以，此刻我寫信給妳，會將派勒包括在內。我是從我倆的角度來下筆的。

我第一次拉住派勒的手臂時，他就搭住我的肩膀。而他只搭住母親的手肘。

正如妳所經歷過的，史柯蘭多先生正值壯年；我無法判斷他的職業，但他身穿一件海軍藍、帶銀色鈕釦的運動夾克，以及白色長褲。小時候，我很篤定他絕對是船長；但現在我已經不那樣確定了。對派勒的過往，我一無所知；他就像個被領養的小孩，在他進入我的人生以前，我對他一無所知。但從那時起，我們就形影不離了。

那個八月的下午，在從歐爾鎮回家途中，派勒就開始和我說話；我認真應對他真誠的談吐，坦率、大方地回答他。我們就此啟程，一段終生的對談於焉展開。

我從未懷疑：當我們聊天時，都是派勒在主導。他只需要借用我的聲音。

從多種意義上，史柯蘭多先生進入我的人生，代表著一條重要的時間分水嶺。比方說，我非常確定：自一九五九年的歐爾節之後，我就不曾再見過父親。要是父親曾見過派勒，我絕對不會忘記；然而，父親想必也不想見他，因為，要說派勒真有什麼過人之處的話，就是喋喋不休了。會使我噤口、完全不敢以任何方式搬上檯面的話題，他都說得出口。

在艾蘭道爾，妳也領教過他有多厚顏無恥。派勒問了妳幾個非常簡單、基本的問題，但換成我，是絕對不敢問妳這些的。我覺得他已經踩線了；他之前不認識妳、從來沒見過妳，妳卻馬上向他敞開心門，也不以為忤。妳只是直視著派勒的雙眼，對他詢問的一切給予真誠的回答。

---

35 Tombola，一種帶有博彩成分的抽獎遊戲。

我們下了E18號公路，我轉向妳，為史柯蘭多失禮的行徑表達困窘與歉意；但妳點出，也許我不該為派勒語言上所有、任何的失當負起責任。這一點我完全同意。我覺得這真是聰慧、睿智的一句話。對這位仁兄能找到任何話匣子，我都不覺得自己需要負責任。

有人告訴過我，要是父親見了史柯蘭多先生、必須持續面對他對真理、坦承那充滿理想主義色彩的追尋，他也許會將他一把抓來、扭他的頭。或者，更可能的是：他會把他扔進烤箱裡。父親並未以暴力對待我。他從來沒有任何理由這麼做。因此，他的為人究竟有多麼寬宏大量，也只能淪為無解之謎。我從來沒測試過他的耐性。不過，他鐵定忍受不了派勒。

自從我開始上學，人生一路走來，派勒是我最重要的支柱。唯一的一段小例外，就是我和妻子同居的那寥寥數年。那段期間他被鎖在衣櫃深處，過著可悲的生活；我對他的處境由衷感到痛心，而他出櫃時，我的妻子非常厭惡、鄙視他；要見證那種鄙夷，可是很痛苦的。

孩提時代，我在茅草儲存庫後方或木工坊裡和派勒聊天時，聲調總是很高亢。即使派勒不需要我的咽喉就能自己發聲，他在回答我所說的話時，會從我身上借出一個比較粗啞的聲調，而那完全是派勒自己的聲調。有時，當他愈扯愈遠，我會對他感到惱怒。會感到喉嚨沙啞、疼痛的，是我而不是他。傀儡娃娃，是不會覺得喉嚨痛的。

要聽出我們當中是誰在說話，可是一點都不難。不僅我們的聲調不同，脾氣也有差異，在許多事情上，意見更是相左。考量到我們共同生活的親密程度，我們之間不一致的程度，也就更令人驚訝了。

這種不一致是如此根深蒂固，甚至會反映在我們要結束談話、或其中一人希望暫停的時候。晚上尤其明顯：夜裡，我努力讓自己平靜下來，派勒卻變得特別混亂、只想說話，我必須強迫他住嘴。最近幾年來，有那麼幾次，情況特別使人困窘。我第二天早上要上班，身為班主任，必須精神飽滿。但派勒不這麼想。他只想舒適地待在家裡。直到成年後，當我再也忍受不了他，我才養成了拖住派勒手臂的習慣。年輕時的我可沒這麼狠心。

這樣的關係，也有可能反過來；我不能否認這點。在這種情況下，也許我並沒有資格抱怨。我曾對派勒發怒，而他就像牡蠣一樣僵硬；也許是在生悶氣、想要報復，要不就是沉醉在自己的世界裡，自得其樂，我則感到自己被拒於千里之外。我曾試著逼他回答我，曾抓住他的左臂、搖晃他、朝他大吼，但一點用也沒有。

就在我逐漸衰老之際，派勒對我說明時，已不再借用我的聲調。喉片的用量因此減少。我們愈來愈常以某種思想轉移進行溝通，很快地就不再需要待在同一個房間、卻能呼叫彼此。我培養出了在腦中聆聽派勒說話的習慣；我回答時，只要想起他就行。派勒已經知道我在想什麼；他是我持續建構的一項道具，而且感受到某種尊敬。這裡我得強調：我完全不相信這段關係裡有任何「超自然」因素；這就是我證明「道具」的理由。

這裡並沒有絕對的規則；當我們在形體上接觸不到彼此時，我仍然能用耳語或拉高聲頻、急促喊叫，回答派勒的突襲。當我在奧斯陸步行、坐火車或公車時，這頗能引起我身邊人們的注意。過去這幾年來，我真的發現，這個社會正在以一種對我有利的方式，劇烈地變遷著。在可固定於夾克上或襯衫胸口前、有迷你麥克風的手機推出以後，我的行為已不再那樣引人側目。以前，我會被認為有妥瑞症；但現在，我已不是唯一一個走在城市街道上——或林間小徑上——並且彷彿在向路人吐出一句問話的人。我和派勒的交談，看起來就像是用手機與配偶聊天。這兩種情況使用的都是無線通訊。無線通訊，但收訊良好。

現在，這並不意謂著我們已不再用聲調正常地對話。按照規定，我們談話時，派勒會坐在我的手臂上；如果他不這麼做，他在今天連一句話都很難發出來。當我們不在同一個房間裡、而他又不坐在我的手臂上時，按照規定，需要傳達的只有簡短的評論或呼喊；或者，他也完全可以在爬上我的手臂以後，發出一聲鳴叫。

外出旅遊時，我經常會帶上派勒；這不只是為了他，也是因為我自己需要和人講話。白天很漫長，而我不喜歡看電視；但我很喜歡待在旅館房間裡，讓派勒坐在我的胳臂上。我們之間有著取之不盡、用之不竭的話題，而我對派勒關於這些話題的想法，仍由衷感到好奇。我常在早餐餐廳裡看到彼此間不發一語的夫妻；也許，他們之間已不再有話可聊。我由衷地為他們感到難過。

另外，當我在挪威西部進行演講時，我也賦予派勒特定的角色。我不只是呆站著、一個人唱獨腳戲。比方說，我會針對和古老神話與印歐語系原生字有關的幾個小細節，和派勒對話。我非常確信，這構成了我作為中介和主講人聲譽背後的一部分祕密。「雷達二人組雅各布森和史柯蘭多，如風暴般席捲觀眾……」

我也試過將派勒帶進教室，做為複習新挪威語文法的輔助道具，不過績效就沒那麼良好了。幾年下來，我必須忍受學生在我面前或背後開始稱我為派勒。有一次，教師休息室裡也有人談到這件事；一位同事問起，為什麼學生們會稱呼我「派勒」（就是和妳姊姊一同念物理的那位同事）。

∴

我在法定代理人的協助下賣掉了位於歐爾鎮的農莊、搬到奧斯陸時，父親就住在我家東南方向的另一座峽谷裡；短短幾年後，他也去世了。他留下一名同居人，或者不管怎麼說，是一位和他住在同一個屋簷下的女士；我想她的名字是西爾薇格，而他們並沒有生育子女。做為唯一的繼承人，我便從那裡得到了一大筆錢，錢多到使我疑惑：父親到底是從事哪個行業的。

從我小時候，我們就沒有再見過面；但要是說他嘗試迴避這段父子關係，那也完全不是。我貼上的不只是他的這些照片而已；直到我滿十八歲、成年為止，他可是每年都寄聖誕卡和生日卡給我。直到今天，我都一直妥善保存這些卡片。

就學期間，我住在克林斯亞爾（Kringsjå）的學生宿舍，房租相當合理。但是，我隨時都可以買自己的公寓房。在當學生的那幾年，知道自己隨時可以跳出學生生活、買自己的公寓，感覺真好。

總之，我沒有任何兄弟姊妹；但我在歐爾鎮有個表哥和堂弟。我大可以將他們的名字寫在這裡，但那沒有意義。這些表／堂兄弟的父親，是母親的弟弟（也是她唯一的手足）；但母親過世後，恩布里克叔叔也死於一場拖拉機交通事故。

歐爾鎮的一個表哥和一名堂弟，並不是什麼讓我和這個我成長的小鎮建立起深厚關係的好理由。這些原始的家庭稱謂，從未讓我有過在聖誕節與新年假期拜訪、或是和他們一同收割、剪收羊毛的念頭。我曾受邀出席婚禮等較大規模的場合，但時間就是配合不上。

要是我有自己的小孩，他們在歐爾鎮就會有四個遠房堂兄弟姊妹。我收到過年輕一輩家族成員的照片，其中一、兩個人已順利建立了自己的家庭。幾個月前，我收到一封圖像簡訊，是個新生兒的照片。我覺得那是個小男孩；照片裡除了他，沒有別的人或東西。

我熱愛旅遊；雖然我曾經離開國內、到丹麥和瑞典度假過一、兩次，甚至還去過冰島和法羅群島一次，當我在自己的祖國國境內恣肆縱橫時，還是感到一分特殊的喜悅。但是我從不拜訪歐爾鎮。理由只有一個：歐爾鎮是我成長的地方，而在我生命中的最初數年，和爸媽住在一起——或者說，我和媽媽相依為命、爸爸偶而才來拜訪母親。因此，我從不去歐爾鎮。

在五〇、六〇年代，身為單親媽媽，處境可是很悲慘的；而我能夠想像，她住在一個如此狹長、人煙稀少的峽谷，心情只會更加沉重。兒子對自己的身世，也懷抱著無法平復的恥辱。他的父親有時來過夜，並不盡然會讓觀感變好。他要是徹底消聲匿跡，也許還好一點。在小男孩開始上學之前，他總算搞懂了。

全班同學都知道，我和母親在莊園裡相依為命，我父親則是個流浪者。我還聽過關於他鼻子上長疣的評論，他們還告訴我關於他鼻子上怎麼會長疣、想像力豐富的理論。這還不僅是因為他是卑爾根人而已。

關於這件事，我還可以寫得更多；但是我不需要把一切都寫出來。

還有，必須講清楚的是：我對歐爾鎮本身，以及以前及現在住在那裡的人們，沒有半點怨言。要是我在奧斯陸或卑爾根長大——比方說，在歐沃爾[36]或費靈道爾——我就會非常樂意搬到歐爾鎮，並在那裡定居下來。那座小鎮現今仍保有一定程度的豐富文化，魚兒仍活躍於溪間，在一段短暫的車程後，你就能來到挪威境內、二十年前忽然間開始被人們稱為「石山岩壁」的地區。

青少年期間，我曾多次遊歷於山岳間；自從母親在我十六歲生日時送了我一輛機車以後，我就更常在群山間遊玩。那時我就想著，這輛機車會不會是用父親的錢買的；在注意到那筆豐厚的遺產後，這個想法變得更加強烈。不過，在我滿十六歲之前，我就時常上山了。我會把腳踏車放在那輛牛奶貨車的後座，或是從歐爾鎮跋涉二十公里、再往上穿越那片樺樹

36 Årvoll，位於奧斯陸東北部的住宅區，也是二戰時反納粹人士維多・漢斯騰與勞夫・威克斯壯被處決的地點。

林。回程時，我只需從山上循原路折返，穿越利維德[37]和沃特谷。

夏季期間，遊客上下穿梭於峽谷和旁邊的幾座小峽谷間；這時，上山的車流增加。即使如此，我從不搭便車。當時的車流比現在少，但汽車駕駛停車、讓人搭便車的機率卻高得多，而在路上，人際間也存在著某種無酬、互助的精神。有錢買自用車的人只占極少數，搭個便車並不是什麼大不了的事情。對我而言，站在鄉村小徑旁、忍受風吹日曬，真是緊繃、難受之至。我也無法確認停車載我的人是誰，或他們這麼做的動機是什麼。

我和派勒去健行時，背包裡總會裝著一個餐盒和其他必需品。而我總是擔心有人會亂翻背包，讓史柯蘭多先生覺得不舒服。

鎮民們不只知道我父親；他們也知道派勒。有那麼一次，有人在山路上的諾絲特利亞偷聽到我和派勒的對話。班上兩個女生躲在樺樹林間的歐石南欉間，各自用水桶裝著採下的藍莓；我站在路上，一手扶著單車，而派勒則拉扯著我的左手臂。派勒那天過得很糟，像座瀑布般喋喋不休；但我也高聲表示對他所說的話有何觀感。幾分鐘後，那兩個女生才探出頭來，咯咯笑個不停。她們偷聽到的內容，像病毒一般傳遍了歐爾鎮和利維德。

我很早就察覺到，自己被同年齡小孩這樣欺凌，可不只是因為我老爸而已。我早就驚訝地發現，我自身的某些性格，使這種不公、惡意的對待變得合理。今天，我早已成年，但我仍感受到自己是邊緣人，像頭獨角獸。

當時，在歐爾鎮這樣的小鎮，是沒有集體失憶症的。當電視機出現，才開始形成某種小鎮型集體遺忘症；但電視機直到七〇年代才開始普及。松德瑞豪爾鎮的電影院和澡堂，都只是提供人們嚼舌根、聊八卦的場所；在來到奧斯陸以前，我幾乎不上電影院，也從不踏進澡堂一步。但是我上教堂。在那裡，我會與其他人共處，觀察他們、體驗他們，也許還和他們聊上幾句，也總能相安無事。

無論是字面意義上、或是抽象意義上，教堂的天花板都比澡堂的高。我是如此地適應教會環境，因此在多年後輕鬆修畢哲學的四十學分、也拿下屬於北歐研究的四十學分後，才選了基督教作為最後一個學科群組，想來令人訝異。

我選擇這第三門學科，最主要是出自於對學科的興趣；不過，這樣一來我就獲得在高中教授挪威語和宗教學的資格。對這個教學科目而言，哲學和基督教構成相當穩定、堅實的基礎；除了探討全世界各宗教以外，它還涵括生命觀、倫理，以及少量的哲學。

在搭乘火車前往卑爾根的途中，我曾多次經過哈林達爾；火車停在歐爾鎮車站時，我雙眼泛著淚水，心臟劇烈地跳動著。火車再度開動後，我對自己站在或坐在車窗前、任憑鄉愁將我淹沒感到可恥。即使火車會在站內停上幾分鐘，我也從未踏上過月台。假如我這麼做了，我會崩潰。此外，說不定某個老同學還剛好任職於挪威國鐵、或是旅客之一。

有那麼一、兩次，我開車前往奧爾蘭或耶爾洛途中，經過了歐爾鎮；不過，國道鋪設在

---

37 Leveld，位於哈林達爾的一處山間聚落。

都市、聚落以外地區，已經是很久以前的事情了。從火車上，我仍能看見自己住過的農莊；在新的國道上，就看不見那座農莊了。

只有那麼一次，我專程坐火車經過歐爾鎮，只為了看那座我成長過的農莊；那想必是在我搬到首都一年後的事。我在芬絲站下車，吸了山間的清新空氣，然後才踏上反方向駛回奧斯陸的列車。我再次見到了那座農莊；現在，它已經有了新主人。我想著，農莊上是否有小孩。

我也曾在山間小徑上徜徉、卻未經過任何一座山村。這聽來或許不可思議，但夏季期間，都會有條私人祕徑由漢瑟谷向上蜿蜒、通往位於哈林達爾的歐爾鎮；那就是所謂的「法尼圖爾[38]（民俗音樂）小徑」。總之，在夏季期間來到雷明斯船鎮的最高點、而不駕車經過利維德或瓦爾茨，完全是可能的。

面對哈林達爾的群山，我毫無抗拒能力。我對它們並不感到痛苦，而是思念。而在群山之間徜徉，倒也並不是毫無風險：我隨時可能撞見以前住在同一個村裡的村民（現在村民深知在群山間健行有多可貴，而距離西林斯比發布行政命令、要求挪威西部農民多到山林間健行，也已經過了近一百五十年），而比這還要糟的，則是登山客。

只是，倘若我真和某個**知道**父親鼻子上長疣的人不期而遇，也已想好堪用的說詞。我可以說：我從漢瑟谷上來，剛剛才因為一個特別、近乎百年一見的場合，停留在另一道峽谷下方。我也已經編織好一個夠精密、足以使我脫身的故事。

某次，我和與我結婚的那位女士一同在古老的山區步道上健行。她抓著挪威全國汽車駕駛協會的行車指南，搞不懂明明就有更近且更舒適、穿過利維德和沃恩峽谷、接上國道七號後經哈林達爾的路線，我們卻非得走同一條陡峭、崎嶇、使人不舒服的道路，重新下到低谷地區不可。但有時候，距離和舒適度這碼事，是相對的。有一種東西叫做怪癖。對我而言，穿過漢瑟谷的道路，感覺上要近得多。

幾天前，我告訴我太太一些她先前有所不知、和我在歐爾鎮成長歷程有關的細節，其中包括我以前被霸凌過。從我們相遇以來，她已經知道我的成長歷程沒有父親陪伴；這一點，她完全能夠接納。然而她無法忍受自己的丈夫被霸凌過。她似乎被與這點有關的恥辱感給淹沒了。

芮都先是從衣櫃（更正確地說，是從其中一個屬於我的抽屜裡）的最深處揪出了派勒；短短幾天後，我們就到群山間郊遊。當時我剛開完一場非比尋常的教師會、回到家；她就站在通道上，手裡抓著派勒、揮舞著；此時我將他拉上左手臂，開始正經且嚴肅地和他交談，覺得這是把他進一步介紹給她的好時機。我讓史柯蘭多先生恣肆用他一貫的聲調說話；他的聲調不再比我的陰沉，此時反而開朗得嚇人。然而，這只是因為**我**在變聲，派勒說話的方式可是一如既往。他也直接對芮都說話。但是，她完全沒有被迷住。這根本不能算是驚喜；或

---

38 Fanitull，泛指挪威鐵勒馬克（Telemark）和哈林達爾地區的民俗音樂。

許，這也是我將他藏在衣櫃裡的原因。

我的妻子相當貌美；無論如何，她的雙眼相當美麗，但她並不風趣，對任何領域的角色扮演一點感覺都沒有。在這件事之前，我曾戴著墨鏡、白色鴨舌帽、穿著雜色的百慕達式短褲來引誘她，不過效果不彰。在那之後的許多個星期（我甚至覺得長達幾個月），她冷漠高傲、完全不可親近。有天晚上，我們就寢時，我身穿她的淡紅色連衫裙睡衣、躺在屬於她的半邊床上；這也不見效，她暴跳如雷。

在時機合宜的將來，假如我要讚美我太太，她就得乾淨整潔、不能矯柔造作。我們能一起品味葡萄酒、快樂地聊天，儘管芮都從來都不開心。

山區健行是我挽救婚姻的企圖，但並未能奏效。我的想法很怪異：芮都或許會被這招騙術和純正的灌木叢給誘惑，因而用善體人意的眼神，望著與我童年峽谷有關、更為可恥而丟人的那些過往。然而，她絲毫不為所動。我愈強調這片山林景致曾是我孩提時代的避風港，她就愈是被動、封閉。我感到自己必須有所表現的壓力，便炫耀起我在山居小屋裡「獨特的豐功偉業」。我在使用這道措辭時，深知芮都從來沒讀過、看過《培爾．金特》[39]；她根本不知道他是誰。而她依然滴水不漏；她眼中但見一個被霸凌的窩囊廢，在這片風景中的身影。她和葛瑞絲．西希莉相反，完全不是自然神祕主義者。我指著低谷冰河說：我和彼德．史柯蘭多就曾經坐在那兒，興致高昂地暢談宇宙的神祕。她完全充耳不聞。

在往下經過利維德與沃恩峽谷、回到大都市的車程中，我太太對我所展現出的勇氣，並未報以絲毫理解。從我的角度來看，我不能放棄；我也沒有任何殺價的籌碼。我鄭重強調，要我開到哈林達爾是完全不可能的；我就真的這麼說了。

我們接近蘇克那時，她在乘客席表示自己必須小解，於是我在魯斯塔德咖啡廳暫停、放她下車。那就是漫長車程中我們唯一說過的話。我坐在駕駛座上等她回來，甚至不知道自己有沒有熄火。

幾個小時後，我們到家了。我知道派勒待在衣櫃裡；據我所知，芮都並沒有單獨待在臥房中。但我躺著時，仍保持清醒、直到芮都入睡為止。因為我擔心她會出手襲擊派勒。

∴

初中畢業以後，我開始就讀於位於戈爾（位於峽谷下方數十公里處）的哈林達爾高中。能和除了歐爾鎮民以外的其他青少年交流，使人煥然一新；但是耳語、留言是會傳播的，幾千年來的歷史都是如此。我心知肚明：不消多久，幾乎全高中的所有學生都會知道我是誰了。

比如說，我站在操場上、和一位來自涅斯鎮的女孩聊天；突然間，她就天外飛來一筆、聊起我老爸鼻子上的那顆疣。我都已經超過十年沒見過那男人了，結果他的這顆疣繼續跟著我！另一次，我和一位我覺得超可愛的女生聊天，她卻直接提到我在玩傀儡。而那是班上兩

---

39 *Peer Gynt*，中文又譯為《皮爾金》，為挪威劇作家易卜生（Ibsen）的代表作之一，出版於一八六七年。

個女孩在諾絲特利亞摘藍莓、偷聽我說話後多年的事了。

即使我開始就讀第一所高中時就有了自己的機車（它在短期內使我的同儕印象深刻、至少減輕了我被騷擾的情況），我還是坐學校接駁車上下學。假如騎機車，來回歐爾鎮與戈爾的路程太遠，而且所費不貲。然而，我在滿十八歲後第一週內就考到駕照、用我暑假在熱帶農產品店小販貝格那兒賺來的零用錢，買了一輛中古車。因此，我在高中最後一年就開始駕駛自用車；和其他絕大多數人相反，我順理成章地開車上學。我把那輛舊福特車停在校舍正前方的教師用停車場，而這當然也被發現了。我記得，在這件事之後，我並沒有遭到霸凌。整段求學期間，我一直是獨角獸，只不過從那時起我有了自己的車。有那麼一、兩個週末，其他人要進城買醉時，會雇我當司機；只有這少數幾次，我得以成為團體中的一分子。

在哈林達爾高中拯救了我的，是位擅長激勵人心的挪威語老師。他叫哈拉德·英德雷德，來自孫尼莫爾[40]。說他造就了今天的我，一點也不為過。他激發我對語言和語言史的興趣，尤其包括薩加文學，以及做為民族服飾中胸針的古老神話寶藏。即使如此，我們對冰島人仍有一項重大虧欠：北歐文學可不是「古挪威語文學」，它是冰島文學。

教科書只籠統地提到「印歐語言」，將其視為日耳曼與古北歐語言的基礎。但我的好奇心被激發了。我渴望知道更多。當我察覺到北歐神話可能也與印歐語系有關時，就踏上了自己今日所在的脈絡。偶然地——我必須說，很偶然地——英德雷德老師讀過喬治·杜梅茲的著作。他明確地表示過：他收到了我這個學生心懷感激，也開始把書借給我。因此，在我來到奧斯陸之前，我就擬定志向了。我已經是個語言學家了。

當然，我在學術上的發展也不完全是哈林達爾高中挪威語教師一人的殊榮。我幾乎得說：派勒．史柯蘭多從我一開始的學業到作業輔導，都幫了大忙。他每天朗誦包括挪威語老師授課在內、我最近學過的內容，更令人驚異的是：他的記憶力居然比我還要好，說白了，他就是比較聰明。我可從來不敢指望我的同學能有這種特質。哈拉德．英德雷德從來沒料到：在這一科，我和派勒聯合起來、作了弊。無論是科目總成績或全國會考，我的挪威語都是最高分（六分）——包括新挪威語、輔修和挪威語口試。我真該寫，是「我們」拿到最高分。

幾年後，有那麼一回，史柯蘭多先生脫口而出：他是「史柯蘭多歐洲人」。談到這種巧思，他也總是快我一步。

預備考試結束後，我開始學習挪威語（這個領域的真正名稱，其實是北歐語言）。我本身就是挪威人，而在這個時間點上，我根本沒想過要學外語，比方說法語或義大利語。北歐

40 Sunnmøre，為傳統上挪威最南部朗斯道爾（Romsdal）和摩爾（Møre）二郡的合稱，境內地形多變。

語言包括一定份量的瑞典語和丹麥語，而這在當時已經夠新奇了。我們想學的，是稍微有別於瑞典語和丹麥語、而又同樣引人入勝的語言。我的母語是北歐或日耳曼語系的一支，而我們談的，就是它的根源。然而，日耳曼語系也是印歐語族眾多支系之一，其他支系包括印度－伊朗語族、義大利語、凱爾特語、波羅的海及斯拉夫語系、希臘語、亞美尼亞語和阿爾巴尼亞語，還包括一些諸如安那托利亞半島語和吐火羅語[41]等已經絕跡的支脈。

若將挪威語視為學科、進行更精細的探討，還有一門艱澀、我們當時稱為「方言」的科目；它在某種意義上就與我有關。我本人就是方言（或者更精確地說，是峽谷）活生生的範例。峽谷、峽灣和群山創造並延續了挪威語眾多獨具特色的方言。在奧斯陸的電力工人興建新道路、營建水利發電系統以前，人們是不會開車翻山越嶺、到另一個峽谷去的；而在我們發現北海油田以前，水力發電就是這個國家文明與生活水準提高所不可或缺的基石。

七〇年代初期，在某些環境裡說挪威東部地區峽谷的方言，還會被視為可恥的事；但對挪威學院或民俗記憶學院（在當年可是有利可圖的文化性學科之一）的學生來說，就是另一回事了。在這些氛圍裡，能說得一口洗練、精準的方言，可是一項殊榮；要是你還能賣弄古老的單字、古怪的與格和使人震驚的複數形動詞等措辭，尤其理想。古老的變格和動詞變化形就藏在這一切之下，探頭探腦。我的方言蘊含著印歐時期史前模式的鮮明軌跡：在哈林達爾，我們仍然區分*e går*和*deigå*、*e ser*和*deisjå*、*e æ*和*deiæra*的現在簡單式——一如人們在過去區分*e jikk*和*dei jingo*、*e såg*和*deisogo*、*e va*和*deivoro*。

現在，我不會在沉浸在語言學裡。且讓我補充：我始終是個徹底的雙語使用者。直到現在，我的哈林達爾方言依然流利；同時，我一到奧斯陸就駕馭了書面挪威語。我曾有個說著傳統標準話的父親，更重要的或許是：我讀過的許多文獻都是以書面挪威語寫成，而我的耳朵對語言非常敏銳。

有時候，兩種語言之間的選擇在於其本身的實用價值。不需要暴露出自己的出生地，可能是一項利多。在其他場合中，說哈林達爾方言則可能是一項優勢。最近這幾年，我對派勒說書面挪威語、他則用哈林達爾腔回答我，這幾乎已成了一項規矩；或者，角色對調！在這段關係裡，我們對互換角色都沒有什麼問題。我倆都是雙語使用者。

亞格奈絲，我不知道妳是否思索過我的語言。假如讓我猜，我會認為妳對此並未多費心思。我說的若不是典型的挪威東部方言，就是字正腔圓、無可挑剔的書面挪威語。不過我們下次見面時，妳等著瞧吧！我會說出一九六〇年的哈林達爾腔。到時候看妳的反應，一定很賞心悅目。

現在，我還是先別太張揚的好；畢竟我其實不知道，我們是否會再見面。

∴

我在奧斯陸的最初幾個月過著嬉皮般的生活。我應該提過這一點了。我正是在這樣的環

41 印歐語系最東方的一支顎音類語言，現已不存。

境下見到了瑪莉安娜和斯威爾，還有小姜——除了派勒，他或許是我人生中唯一真正的朋友，即使我們的相處時間短暫，只有幾個星期，或是一個月。

夠了！那是一段完全不同的過往，也屬於一個完全不同的時代。但在孤寂中，我在皇宮公園尋找著某種形式的歸屬感。獨自一人來到首都的，絕對不只有我一個。我們當中某些人相遇、藏在彼此之間。我的出發點是，我們當中有許多人，比一般人還要博學多聞——但我也可能弄錯了。

妳真該看看我們身穿經典嬉皮裝、站在妖精山上的模樣！要懷疑我是來自歐爾鎮、出身農家的窮學生——絕對不可能。

我可以提一件趣事：我在這個次文化裡稱自己派勒。某次，我將小姜介紹給史柯蘭多先生時，派勒表示自己名喚雅各。事情就是這樣，我記不清楚為什麼，但我深切地體會到自己在這座嬉皮劇場扮演了一個角色，在此同時，我或許覺得雅各這名字不怎麼適合一個花農的兒子。然而在大學裡，根據入學文件上的內容，我就是雅各．雅各布森，因此我就有了兩種身分：當我置身閱覽室、或在蘇佛斯．朴格樓上課時，派勒就坐在克林斯亞爾家中的窗檯上，等著我。

我的志向，和一個在公園裡玩耍的花農之子完全背道而馳。從許多方面來看，嬉皮運動是一種哲學性的運動，其淵源與印度文化有部分關聯。我在來到奧斯陸以前就已深受印度哲學、尤其是那支被稱為「不二論」的學派所啟發。

梵語中的 *advaita* 意謂「無二」或「非二元性」。總之，我們所討論的是一種單一性、或非雙重性哲學。*A-dvaita*中的*A*是個古老的否定字首，作用相當於希臘語的*a-*（如a-gnostiker〔不可知論者〕）或挪威語的*u-*（如u-mulig〔不可能〕）。而*dvaita*（二元論），也就是印度二元性哲學的名稱，和挪威語的數目字「二」（to）有語源學上的關連。它源自於古印歐語言的*dwo-*，在哥特語為*twai*，在德語為*zwei*，在英語為*two*，在拉丁文則為*duo*；瑞典語的「二」（två），以及包括「模稜兩可」（tvetydig）、「決鬥」（tvekamp）、「雙面刃」（tveegget）、「雙性」（tvekjønnet）、「複視」（tvisyn）、「扭轉」（tvinne）和「雙層」（tviholde）在內的挪威語單字或詞彙，都能清楚地反映出印歐語言的關聯性。幾乎所有印歐語族中的語言都保有這個深具印歐語原型的數目字；而事實上，*dvaita*在語源學和哲學的意義上，都與拉丁文外來語*dualisme*有關。

總而言之，有關聯的，不僅僅是印歐語言的單字而已（郁娃嬸嬸的葬禮後，我在林間小徑遇到她，卻沒能向她說清楚這點，讓我有點氣惱）；印歐文化中的多項思考模式顯示了類似的相關性。思想和語言，畢竟是相輔相成的。好吧，印度和地中海沿岸國家之間，必定有著顯著的文化接觸，而這正是郁娃想要指出的。我也提到，印度哲學中，有著我們在柏拉圖與笛卡爾等西方思想家身上所觀察到的哲學二元性。蘇格拉底時代之前的赫拉克利特[42]思路，和佛陀的哲理頗為神似，而兩人生活的年代也大略相仿；相當長一段時間後，佛教傳教士才來到地中海周邊的國家。無論如何，印度哲學有自己的斯賓諾莎；他叫商羯羅

42 Heraklit, 540-480BC，古希臘哲學家。

（Shankara），在西元九世紀初葉發光放熱。他打造了以非二元性哲理為基礎的哲學體系，意即非雙重性（a- dvaita）或不二論哲學：神聖與塵世之間，並無任何區別。一種名為*maya*的幻象或幻覺，造就了這樣的體驗。然而，一切存在都是不可再切割的實體。萬物即上帝。

當我進入皇宮公園時，我已經讀過《奧義書》[43]以及《薄伽梵歌》——而它們可都只是世界上最長的完整史詩、擁有十萬個雙詩節的《摩訶婆羅多》其中的一小節。藉此，我取得了在這個領域的立足點。

但是我必須小心，不要過度談論學術。我只是自由聯想、隨興地用嬉皮的方式談到一些關於人生的重要議題。這使人留下印象，而我也沒離題，掉起書袋、說出幾個梵語單字。我會說*Ahambrahmasmi*：「我就是梵」，或是「我是世界的神壇」、「我就是一切」。或者，我也可以在精靈山上往下指著一叢玫瑰，像是要表達一種酷炫的生命觀、用幾乎無窮盡的深奧知識發出下列宣言：*tat tvam asi* ——「這就是妳！」

這叢玫瑰花，就是妳！但我當然沒提到：*Tat*在語源學上其實和*det*（這）有關、*tvam*和*du*（妳）有關、*asi*和*er*（是）有關——這簡直是在踢一個肥皂泡泡！我的可信度也許就不復存在，而我在精靈山上的生涯，更會在真正開始以前就畫上句點。

∴

在首都度過最初幾個月後，我開始參加葬禮。不過我現在的措詞表達並不特別精準：我從來沒「開始」進行過這類活動。我只記得，我和派勒坐在一起、翻著《晚報》，我的目光就落在一則馬上引起我興趣——就算還稱不上是期待、抑或是某種詭異形式的渴望——的訃聞上。

我在一大片令人眼花撩亂的人名後方勾勒出一個大家族的輪廓；這個大家族的成員在家長過世後，彼此即將齊聚一堂。訃聞裡寫滿了親屬關係與家族成員的稱謂，全文最後還有一句重要、充滿邀約善意的措辭：葬禮結束後，歡迎大家來參加追思會。

我翻出自己從歐爾鎮帶來的那套黑色禮服——那也是我在教會受堅信禮時所穿的禮服，因為我當時沒帶上其他禮服——就這樣參加了第一場葬禮。妳可以說，這是我的初登板——即使只有日後的事態發展才能證明，這的確是我的初登板。這是我第一次參加這樣的葬禮，而我心裡只想著：不過就這一次罷了。也許，我把它當成了一種人際關係實驗。

我覺得我的情感和絕大多數人一樣豐富；也許我在某些場合比大多數人更感性。我可能很容易掉淚，但從不特別脆弱。我背後已經有著以嬉皮角色登臺的經驗，出席一場盛大的葬禮，或許比花農之子色彩斑斕的遊戲多了陰鬱的色彩，但總是一種劇場。這種體驗並不特別使人膽顫心驚。

---

43 Upanishadene，廣義的吠陀文獻之一。

考量到訃聞中所有的人名，北灘教堂裡人滿為患，也就不足為奇了；我走進教堂時並未冒汗，脈搏也並未提高。此外，哈林達爾那些場面盛大的農民葬禮，可是伴隨我一起成長的。

我並未感到緊張，有好幾個原因。除了那群嬉皮，也許再加上賓德的一、兩個學生以外，我一個活人都不認識，也就沒有感到可恥的餘地。恥辱感的先決條件在於：有人使你感到羞恥。因此，恥辱感在某種意義上，是一種奢侈的現象。只有那些人際網路小到不能再小的人，才能長期承受住恥辱。這也並不意謂著，我就是個無恥之徒；因為，無恥的先決條件也在於你選擇對某些人無恥。恥辱與無恥存在的先決條件都是一群「他者」，或至少是一個單獨的「你」。亞格奈絲：當我承認妳就是讓我感到最羞恥的人時，我並沒有誇大其詞。

我充分運用了一份內容豐富的訃告，額外進行了詳盡的調查，以便在必要時能夠編織出關於我如何認識死者的對話。在哈林達爾，這種對話純屬多餘。我只是提一下：只要你和死者來自同一座峽谷或側谷，就可以出席葬禮了。你和死者的關係愈是疏遠，你出席時受到的尊重愈是明顯。在這層關係上，都市的葬禮則站在完全的對立面。

我的處境邊緣，因此刻意讓自己保持低調。我預想過關於自己如何認識死者的簡短說詞，但它們並不特別機靈或有創意。正如我所猜想的，我完全沒用到它。喝咖啡時，我一度被問到自己是不是這家族的一分子；當時的我非常年輕，比死者小了六十歲。但我搖搖頭；可能出於某個原因，他們再也沒有提出更多問題。

一週後，我參加了一場葬禮，並在隔週又參加了一場。我可以順理成章地說，這些出席隨著時間流逝變成一種習慣，或是一種生活形式，許多人鐵定會稱之為一種傷害。但我並沒有其他的家庭生活。

我記得，自己有一次和派勒一同坐在克林斯亞爾家中的書桌前，針對意為*far*（父親）、*mor*（母親）、*søster*（姊妹）、*bror*（兄弟）、*sønn*（兒子）、*datter*（女兒）的單字在各個不同印歐語言的分布列出一長串清單（包括死語言和現在仍使用的活語言）。事實是：這六個字都能回溯到古印歐語言中的單字，**ph2te¯r*、**me2hte¯r*、**sweso¯r*、**bhreh2te¯r*、**suHnus* 和 **dhugh2t¯er*（標準符號顯示這些單字的發音。我們可以逐漸想像起，古印歐語言**聽起來**是怎麼樣的）。這些被提到的家庭關係，對大多數人來說也是生命中不可或缺的支柱。但這些，我都沒分。我從未真正擁有過父親，而母親已經不在了；我從未有過兄弟姊妹，而我也永遠不想生兒育女。

亞格奈絲！是妳要求我說明為何出席葛瑞絲．西希莉葬禮的，而我是如此希望，妳至少試圖了解一下這是怎麼一回事。我和家庭的關係淡薄。第二次世界大戰以後的最初數十年，「大家族」這個神祕的字眼在社會上廣為流傳；即使我沒有主動抽離這個「大家族」，我還是從小就被貼上獨角獸和邊緣人的標籤。

母親在屋內到處掛著我和父親的照片，但這無法改變父親久久才到峽谷來、和母子共處一回的事實。峽谷內的兒女們對自己的身世、背景欠缺完整的理解，而大人們極為謹慎地使這本已誇張的情況更加惡化。這口述的傳統在整體上有著泛史詩色彩；數千年來，它在挪威峽谷保存得相當完善。冬季和冬夜如此漫長，人們總在談論太陽幾點下山；家族共進晚餐這種日常生活的小事，也可以充滿史詩色彩。我和母親，就陷在這樣的漩渦裡。

而另一個更尖銳的課題是：即使我們住在那座古老的大家族農莊，羊隻在山間徜徉、山間農場有著母雞和牡牛，在那裡耕作、或獨力在隸屬於林材廠的樺樹林內砍伐我們所需柴薪的，並不是我們。我的意思是：我們的居住條件是得自於區政府的行政命令，而歐爾鎮信託銀行則確保了母親和我的生計。直到我賣掉農莊，替自己結清，我才算擺脫了債務，以及表達感謝的義務。在歐爾鎮，我並不想對任何人有所虧欠，因此才把農莊賣了。賣掉莊園後，我獲得了足以償還債務的金額；此外還有一些動產，我也是如法泡製。

我們和其他人不一樣；我們不屬於這個大家庭。許多人將我們視為廢物或罪犯。

自從我們來到奧斯陸、得以重新來過之後，龐大、完整的家庭就對我有著無可抗拒的吸引力，我感受到自己是多麼渴望屬於這樣的大家庭。和其他大多數人相比，我並不特別熱愛人類；但生活已使我成為一個特別熱愛家庭的人。

我喜歡父親們和母親們、兒子和女兒們、女婿和媳婦們、堂表兄弟姊妹們、嬸嬸和叔叔們、姪兒和姪女們。在這樣的家庭脈絡中的親近感，使我感受到溫情與歸屬。所有角色和關係都讓我覺得自在，而我也深刻地嫉妒著那些外來、並在突然間——也許只是出自於有條件的性衝動——就被接納、一同享樂、締結牢不可破親戚關係的人。

我體驗過婚姻生活，也因此算是有過幾年兩人世界的生活。經驗與教訓使我不再將婚姻或家庭生活理想化。婚姻問題確實存在；親如姊妹，也是會互相嫉妒的。另外還有一種被稱為精神暴力的問題，這一切我全知道。但是，與我結婚近三年的對象來自一個貧寒家庭、沒有叔叔或嬸嬸，和我一樣都是獨生子女。這樣一段婚姻也從沒能夠建立起家庭。這段同居關係並未開花結果，連派勒都待不下去。我和芮都活在所謂的二重性當中；它常只是孤獨的另一則形式罷了。

對有條件的人而言，孤獨一人或許是空虛的；但我認為，這樣還比生活在二重性中來得好。你獨自一人生活，總可以做自己想做的事。我能想像：大家庭要比密不通風的婚姻關係來得自由。

夠了！

參加葬禮，就成了我的習慣。我像狗一般追逐著家庭生活，因為除了用這種方式偷來、強行闖入家庭生活外，我已一無所有。

我在這些葬禮中都不是以觀眾的身分到場，而我也不以局外人的角色感到滿足。我得說：正好完全相反。我想在情況許可、能力所及的範圍內，成為大家庭的一分子。

葬禮前所敲響的教堂鐘聲，就是為我而響的。

我每次出席，都真誠地掛念著往生者——一個活人的時間已經用罄——並真心地關懷家屬（至少，我在訃聞上已經讀到他們的名字）。

在悲傷與哀悼的儀式結束後，關於那些我見過，以及至少問候過家庭成員的念頭，也從未消失過。由於想要強化思緒和記憶，我細心保存了所有我參加過葬禮的訃聞、可能刊出的訃告，以及葬禮的流程表。這些惹人心煩的文件有許多刊在報紙上；我將它們按時間順序，收藏在雪茄盒的一個隔間裡。妳可以說，它們構成了我在生死路上所遇見過的個人或家庭的資料與檔案。或者，我幾乎得說：它們構成了我靈感的泉源。這種措辭聽來很令人反感，只是其他人在臉書上這麼做，而我則不上臉書。他們總可以參加自己家族成員的葬禮吧！

我自己比較喜歡把雪茄盒裡的這些人名資料庫，視為人生中夥伴的某種清單。或者就像派勒說過的：這是你個人的人口統計，除了你，沒有其他人會在抽屜裡擺這種收藏品。

彼德．史柯蘭多知道自己在講什麼。他已經在和雪茄盒並排的衣櫃抽屜裡躺了夠久。

我太太翻出派勒之前，已經先找到了這些雪茄盒（也許多達十個、或十二個）。最讓她火大的就是派勒；在我將他放到手臂上、讓他直接面對她，用我自己從來不敢嘗試的方式對她直言不諱以後，她更是怒急攻心。而那所有的雪茄菸盒，也是如此……

在我和妻子勉強維持住關係的那幾年，我參加的葬禮並不那麼多。我試圖自我克制；而那時，我還有自己的生活，我還有芮都。在那段期間，我參加過少數幾場葬禮，有那麼一、兩次，我想起妻子對我參加和我關係淡薄的死者葬禮起了疑心。我數度從這樣的葬禮上回家後，還得重複自己剛在追思會上用過、關於與死者關係的說詞。它們都通過了考驗；它們是真金，不怕火煉。

可是我不知道她是否相信我。有一次她問起：為什麼我以前有這麼多朋友，現在除了她之外什麼也沒有。接下來那幾天，當我們深入談到這件事時，她的責怪之意愈發明顯：我們家怎麼從來沒有訪客？為什麼從來沒人邀請我們到他或她家吃晚餐？為什麼我們只能窩在這間公寓裡，四目相對、無聊至極？

我從未主動、刻意闖入過一場從一開始就釋出明確信號、家屬希望獨自哀悼，不願讓親人的逝世引起外界任何關注的葬禮。訃聞上明白寫著哀悼儀式將「在墓園」、「在禮拜堂」或「在教堂」畫上句點時，我明智地選擇迴避。當訃聞上事先就註明葬禮後不會舉辦追思會時，我也從不出席。

我感覺，自己受到類似「歡迎大家在葬禮後，來參加追思會」這種明朗、坦率的措辭所吸引——而這樣的追思儀式，可以是在教會會館、一般性質會館，或城裡較高水準的餐廳之一舉行。

有時，也發生過牧師受家屬之託、在葬禮結束時歡迎所有出席者參加追思會。這樣一來我會認為：這麼坦率的邀約，也適用於我。要不然，我該認為牧師是在說謊呢？還是在僭越作為牧師的身分呢？

另外，下列這種情況也常出現：家屬之一（我是說，其中一名家人受委託）極度謹慎地在來賓席走動並查看，挑選出哪些人應該得到謹慎的耳語，告知：歡迎您來參加接下來的追思會。我像個真男人般承擔這種挫敗，也僅僅在即將撤退時，向周圍的幾個人點頭致意。我小時候也曾編派過這種悲慘的角色。有幾次，既然我都已經盛裝出席，索性就坐在附近一家旅館的酒吧或餐廳裡、點上一杯酒，給自己舉辦追思會。教堂或禮拜堂內的嚴肅氣氛容易引發許多思緒。肅穆的追思會場常充滿致詞，而我一向喜歡美妙的歌聲與音樂。

有一次，就因為我缺少全知全能的能力，當我坐在一家小旅館的酒吧裡，一場私人的追思儀式已經在那裡展開了。你可以從那狹窄高聳的吧檯椅凳上望見酒吧，好幾個人就偷瞄著我；而我不過是沉靜地獨坐著，面前是一杯白酒（假如換成一杯威士忌也未嘗不可）。但是我並未因而起身、逃之夭夭。那貪心的家族，可沒把整間旅館都包下來。恐怕還有人嫉妒我的酒，或是威士忌，因為側面房間的白色皮革與桌布上，只有無酒精的啤酒和含糖飲料。我又點了一杯，沒有開溜。

且讓我補充一句：對那些希望將追思會出席範圍限制在最核心家庭成員的家族，我完全能夠理解。只是，我多麼希望自己是被選中的其中一人。

一如我先前提過的，我並非特立獨行；至少還有另一個人也到處出席各場葬禮，就是那個高大、膚色黝黑、經常和我出席相同葬禮的男子。假如教堂是一艘船，我可不是唯一在船上盲目亂竄的乘客。

我從來無法得知，對方對他所經歷的一切做何感想。我們從未交談，只是知道彼此的存在。多年前、有那麼一次，由於場合無法避免，我們開始簡短向彼此頷首致意。我們彼此間似乎心領神會、都在努力避開對方（總之，至少要避免親密的眼神接觸）。

這名身材高大、膚色黝黑的男子，某種意義上算是我的同事或競爭對手；對於他，除了根深蒂固的蔑視外，我沒有什麼想特別多說的。或許我得承認：這種情緒是一種自卑。

我見過一次以上的，當然也不只有那名身材高大、膚色黝黑的男子而已。經年累月下來，我或許出席過兩百場葬禮。這牽涉到幾千名出席者，也許多達兩、三萬人。我的「家庭」——我也許應該說，我的人脈——範圍竟變得如此之廣。因此我沿途見過許多人一次以上，也就不足為奇。少數幾個，我甚至見過四或五次。但像是「他怎麼也在這裡？」的評論，可能會被認為不合理。這對對方而言，也是如此。好吧！對我而言，這是四、五段**極其膚淺**的交情。我從來沒體驗過包括兒子、兄弟、姪兒等家屬的角色，或密友的角色。

在書面上，我多年來還真的和艾瑞克·路德因所有的子女和孫子見過一輪，看來似乎很了不起；但這只是因為樣本數太大了。樂透愈大，頭彩看來就愈可觀——哪怕是你砸錢買下一大堆彩券。

說到遺產，我還得補充，我這項志趣的一大先決條件，就是父親所遺留下的豐厚產業。換句話說，這些年來，它使我能夠省吃儉用地過活，而我最主要還是在學校休假、停課的時段，才必須妥善使用這筆遺產。在這當中，我看到微小的弔詭處：要是有個夠像樣的父親，我根本就不需要參加這些葬禮。但同時，他所留下的這份遺產，也使我能夠填補家庭生活的空缺。

出席一場葬禮前，我會努力鞭策自己、盡可能深入研究死者，以及他或她的家庭。數十年前，這項準備工作曠日費時；現在，它簡直易如反掌，假如你的時間緊迫，只需要在前往教堂或禮拜堂路上敲幾下鍵盤就行了。網際網路和社群媒體網站，使我的人生逍遙又輕鬆。隨著公領域的擴張，私人領域也向內萎縮。伊比鳩魯學派的座右銘「活在祕密中」和昔時相比，已經變成一句虛有其表的魔咒了。

有時，我也勇於嘗試即興演出，或是我所能想到的「介紹式約會／相親」；也就是說，除了訃聞中註明的資訊外，我對自己出席、送上最後一程的對象，事先完全一無所知。這需要另一種截然不同的專注力、即席演出能力，以及幾近變色龍的適應力。這種行徑，當然就會比參加一個在某種程度上算是公眾人物死者的葬禮更加大膽，也許還更無恥得多。要是你出席一個深受萬民擁戴、政治人物或藝術家的葬禮，就不那麼需要表明自己的身分。這種葬禮，是可堪與大型農民葬禮相比擬的公眾儀式。

∴

艾瑞克．路德因在整個七〇年代於賓德擔任教授及授課講師時，我對他相當熟悉；但我們之間卻從無私交。換句話說：我覺得自己在三十年後、以「他的學生之一」身分送他走完最後一程，是名正言順、光明正大的。這只是一小部分的真相；但，真相就是真相。

路德因通常會在星期二上午十一點十五分到下午一點之間，針對《巫婆的預言》進行導讀；我在當時深受一種罕見的靈感與決心所震懾。對世界在拉庫那克決戰[44]後獲得了新契機，深感震撼的我竟坐著、思考一個和那首意義非凡史詩最後一行詩句有關的問題。

在路德因離開演講廳前，我因而從偌大的教室後排座位走下來，搶在這位博學多聞的教授於下周二開始講授《葛林斯尼爾之歌》之前提問。當然了，我已經仔細閱讀《皇家手稿》和《哈克爾之書》裡的原始文本，以及一些較新、較現代的版本。

《皇家手稿》的最後一節內容如下：

陰霧逼來
飛龍在天，
隨後，由下
自尼達爾山來；
如披輕羽
——自綠茵飛過——

44 Ragnarok，為北歐神話中眾神與黑暗勢力之間最後一場決戰。

死白的尼德霍格——
現在助她沉沒

而英瓦・摩頓森—恩格努德的新挪威語版本內容如下：

陰霧襲來
飛龍在天，
隨後，而下
自尼達爾山來。
如披輕羽，
從綠茵上飛過
死白的尼德霍格
現在助他沉沒

我雙腳打顫，感覺心臟怦怦直跳、身體邊冒冷汗邊打寒顫；我記得自己下定決心，要用最純的哈林達爾方言腔和教授談話；以這種方式，我才會獲得尊重。之前我從未和他交談過。

我有點即興式地問起：中世紀的書面文獻，是否清晰、明確地指出「下沉」或「沉沒」的是女巫、而不是象徵混亂的怪獸尼德霍格。其實我在研讀文本時就臆測過：事實可能正好相反。

教授睜大了雙眼，說道：這真是個好問題。然後，駭人聽聞的事情發生了：他邀請我到他辦公室所在的維格蘭大樓一起喝杯咖啡。七〇年代，這種隨興、非正式的談話邀約極為罕見；此外，學生和教授／教師之間已經築起了政治性質的隔閡、因此艾瑞克．路德因教授的邀約可算是小小的悚動。從哈林達爾一處管理不善的農莊被趕出來的我，在蘇佛斯．朴格樓和維格蘭大樓之間那短短的路程，竟手足無措起來。

此外，還有一點：我們的意見不一，並以此為樂。教授和我——當時只是個潦倒、名不見經傳的輔系學生——針對這首具啟示錄性質眾神詩篇的釋義，**意見不一致**。

路德因首先舉證闡明，根據所有跡象，最有可能撤退並「沉沒」的，想必就是巫婆或女占卜士。但他指出，要辯稱這裡所指的是尼德霍格，也是**可行的**——最後一幕中、戰鬥結束的嗚聲響起，象徵良善、正義的諸神擊敗混沌惡勢力、取得最終勝利，尼德霍格想必眼見自己敗於眾神的力量、「沉沒」或撤退了。

我和教授對最後這種詮釋的可行性是否存在，意見並不一致。代名詞「hon」所指的絕對是女巫，因為「龍」和尼德霍格這個名字都是陽性的詞。

然而一如我所預料的，路德因談到，在《皇家手稿》這部年代最久遠的文獻中，代名詞「hon」並未完整地印出來。那塊古老的小牛皮上，只有h字母；而蘇佛斯．朴格的出版品中，這個字被擴充為hon——那兩個手稿裡所未出現的字母，則清楚地以斜體顯示。嚴格地說：要說此處所指涉的是尼德霍格，並無不妥。

我覺得這真是太有娛樂效果了。我借了一枝鉛筆與一張紙。

我指出：然而，蘇佛斯．朴格在這種學術性、關於《埃達》詩篇的出版物中，卻有一條註釋。

教授用質詢的眼神望著我，而我繼續說下去：

「他在羊皮紙上的 hen 後方註明了一個小小的刪節號，並在註釋中寫道：『*hen*（她）寫為 *h*，切不可讀作 *hann*（他）。』」

我已將那條註釋寫在紙上，使教授驚訝不已。他靜靜坐著，望著那幾個字達數秒鐘。

「但是，即使蘇佛斯．朴格當然也會犯錯，」我闡明道；我這麼說，最主要還是出自於禮貌。

我覺得，艾瑞克．路德因謹慎地搖搖頭。「我完全忘記這件事了，」他只這樣說。

「在《哈克爾之書》，」我繼續說：「也就是年代最晚近的文獻裡，清楚地註明是『hon』（她）。但是蘇佛斯．朴格在此也留下一條註釋，即使這條註釋本質上完全是多餘的。他寫道：『園（hage）上方處之 hen 應作 hon（她）解，非 han（他）。』」

教授點點頭：「是的，說到《哈克爾之書》，那個代名詞毫無疑問是指涉巫婆——她在任務完成後，就可以沉回自己的坑穴裡，或者說，地窖裡。」

「再者，」我做出結論：「對這位開拓出新格局的語言學家而言，依據這兩部文獻強調撤退的絕對是巫婆、而**不是**尼德霍格，將使自己更具權威。總之，在蘇佛斯．朴格於一八六七年出版《埃達》以前，這項爭議鐵定就已經存在了。」

路德因親切地點點頭，我們注視著彼此長達數秒；隨後，他開始清理書桌桌面，而這也表示：這場「聽證會」結束了。

在此之前，我們從未交談過；在此之後，我們也未再交談過。不過，我們有次在幾排單薄的花床邊相遇（幾十年後，它們所在的位置將變成一條介於蘇佛斯．朴格樓和佛雷德列克服務中心之間、頗負盛名的學術大道）。我們簡短地向彼此點點頭，交換了一個展現相互尊重的表情。數十年後，榮譽教授艾瑞克．路德因過世後，追思會儀式上使我感到稍微疑惑的，也正是那個眼神。

關於我那段短暫的婚姻，我已經講得夠多了；關於這件事，我寫的所有內容都是根據我的記憶。在我搬出去之後，我們爭吵的最後幾件事情之一，就是那輛我們仍共同擁有、老舊豐田卡羅拉汽車的宗主權，這是千真萬確。此外，我在這段期間不時到歐斯加德灘一座養老院拜訪一位老太太，也是真的。我協助她處理個人所得稅申報。但是我從未千里迢迢、從奧斯陸一路坐計程車到歐斯加德灘。

在我看到《晚報》上亞德蓮．西格魯的訃聞之前，我從未見過她或聽聞過她的事。這想必稱得上是我最初的「介紹式約會」之一。就在我聽著牧師的悼詞時，我被葬禮流程表手冊封面上那張亞德蓮站在一輛紅色計程車前的漂亮照片深深啟發，於是編出了東屋會館追思會上所說的故事。我所謂的變換描述順序，也正是這個意思：我先指稱自己和亞德蓮有關係，

然後才引用了牧師的致詞內容。

遇見瑪莉安娜、斯威爾和郁娃令我吃驚，但我並不認為那是什麼詭異、使人驚訝莫名的巧合。我「參訪」過太多葬禮，早已準備好應付這類重逢。使我更納悶的是：這種事情怎麼會沒有更常發生。不過，這倒是讓我再度遇上和自己在皇宮公園鬼混的其中幾名嬉皮。我所不能理解的是，瑪莉安娜和斯威爾不願被記住、認出的需求，為何如此明顯？他們參加過嬉皮運動，真的仍是一件不可告人的家族祕密嗎？

我寫到魯那．佛雷勒的葬禮、牧師譴責般的致詞，以及在航廈酒店隨後舉行的追思會，都是嘗試詳細、重新描述我經歷的情況，這包括西格麗在一切都結束後、向我透露關於家人前往舊別墅的所有資訊。但是，無論是在挪威大酒店還是其他地方，我都沒見過這個不幸的人。關於魯那和我在晚餐桌前的對話，我唯一引用的就是那位優秀牧師在莫倫達爾的悼辭內容。

如前所述，我一如往年、在八月間前往卑爾根的路上，才在《卑爾根時報》上發現那則詭異的訃聞。我在城裡多停留一晚、到Dressmann男裝店買了一套黑色禮服（是那種容易和西裝搭配的款式）、叫了一輛計程車，開到位於莫倫達爾的禮拜堂。

總之，就連那次葬禮也是一次「介紹式約會」。我可是整裝待發。我已經主講完關於烏爾與泰爾的講座，那次也是史柯蘭多先生幫了大忙——但這並不意謂著，我對這次出席，投入的情感就沒那麼高了。讀完訃聞後，我的情緒就出現嚴重的波動。

我再次遇上路德因家族的代表。當然了，我所寫的也就是這幾次的遭遇。我完全可以記錄下自己在這些年來和另外一個大家庭的相遇，因為樣本數量太大了。但是，路德因家族是構成這條敘事軸的主線。

那麼，為什麼我會跟住這個家庭、而不是另一個呢？因為我們就是在這一區相遇的。我們在妳姊姊的葬禮上相遇，而妳表哥圖勒、他的太太麗芙－貝莉．路德因與兩個女兒，圖娃和米亞都在座。亞格奈絲，就像妳說的：那次也是妳離自己家庭最接近的一次。對妳而言，圖勒總像是親哥哥；而如今，麗芙－貝莉則是妳最要好的女性友人。對於妳從華爾勒鄉間小屋（我是說，從艾蘭道爾回家的車上）所描述的一切，我打從心底感到神往不已。

妳留住我、用近似哀求的口吻要求我別離開追思會——即使我明顯在撒謊，表示自己和葛瑞絲．西希莉的關係比實際上親近。我再問一次：妳為什麼要留我下來？

從那一刻起，妳和妳的家庭，也成了這段敘事軸的主線了。

一如妳所知道的：葛瑞絲．西希莉的葬禮並不算是「介紹式約會」。我事先做過周詳、嚴密的準備；我在大學圖書館泡了一整天，研究妳姊姊的博士論文——關於宇宙生命太空物理學先決條件、深具特色的論文。

一開始，我為波格斯塔路上那起可怕的交通意外感到震驚。正如我提到過的，教師休息室裡有位同事曾是葛瑞絲・西希莉的同學，對她相當熟悉。此外，我也抱著極大的興趣讀過了她的個人網站。一切都非常地引人入勝。此外，我在那裡還找到好幾張她的照片；幾天後，我就能確認，妳們之間是何其相似。

但是沒有人——完全沒有人，包括葛瑞絲・西希莉本人（我是指她的個人網頁）——能讓我了解她是坐著輪椅的身障者。追思儀式上的牧師，對此也隻字未提。最後我們見到彼此時，才談起這件事。我那位同事也提過，葛瑞絲・西希莉不願將自己的身障做為她的特點之一、凸顯出來。這點並不具實質意義；和她對宇宙間星系的研究相較，就更無足輕重了。

我的同事本來也許可以警告我的，但他又怎麼會知道我將犯下的錯誤？他怎能料想到我會出席葛瑞絲・西希莉的葬禮，針對我們那趟穿越陡峭、崎嶇歐蘭德峽境內數個區域、艱難的徒步健行，虛構出一段冠冕堂皇的故事？他要是料想到這種可能性，鐵定會事先警告我。

說真的，他沒出席葬禮，使我心中微微一驚。我的眼神在搜尋他；倘若我有遇見他，鐵定會簡短地告訴他：我讀到、聽說這起死亡事件，深感震驚，因此覺得非常需要出席追思儀式。最糟的情況下，這會被認為有點缺乏同理心；但別人感覺我就是這樣。他們覺得我不怎麼有同理心。

要是那位同事出現在禮拜堂，我隨後自然也不會再出席追思儀式，也不再需要將自己介紹給任何人；而且，我至少也不會露餡。但要是那樣，我就不會遇見妳，也就不會坐下、書寫這段故事了。

要想像這種違反現實的情境，也並非什麼高深的藝術。

安德雷

大約半年後，我們再次見面；更確切地說，是在二〇一三年的四月十五日。

那是一次驚人的巧合。我不相信這背後有任何操控；這種事機率雖低，但絕對稱不上是靈異事件。我們會在葬禮上相遇，也並不令人納悶。妳有夠充分的理由，而我也有——哪怕我們的理由完全不屬於同一類型。

在妳姊姊的追思會上丟人現眼以後，我曾對自己發誓，至少在奧斯陸，永遠不再參加陌生人的葬禮；我在奧斯陸已經開始有點走投無路了。

在城裡，我愈來愈常感覺自己被盯著、注視著；這可能只是想像，但有幾次，在教室裡，我感覺幾個學生已經聽過我的傳聞了。當然，我也曾在葬禮上遇見過學生、或以前教過的學生。我擔任教師已有相當年資，遭遇的挫敗也相當廣泛；因此，看到若干警示燈號響起，絕非空穴來風。

我來到了轉捩點：現在，如果我還想繼續參加葬禮，就勢必得離開奧斯陸。

我繼續閱讀訃聞。儘管我已不再親自出席葬禮，但不會停止閱讀訃聞。我讀到關於安德雷・丹尼維突然過世的消息；在Google上搜尋一陣子後，很明顯地，我對這場在艾蘭道爾舉辦的葬禮無法避不出席，哪怕它會是我出席的最後一場葬禮……

我將車停在其中一條側邊的小路上，告別派勒，朝著盤踞在廣場與泰爾島上方高地的聖三一教堂走去。離家如此遙遠，我不擔心在此遭人揭穿。而且，依照慣例——我針對自己是如何認識這位頗富盛名的海洋學家的過程，編織了一段無懈可擊的故事。

我既不緊張也不擔心，而是充滿期待。我即將再度體驗家庭生活的滋味，而且，時年才五十五的安德雷搭乘自己的小型海洋探測船、在西斯島外海突然死於毫無預警的心肌梗塞，足以使人感到情緒難平。

這起死亡震驚了我，對安德雷的遺孀瑪汀娜與他們的四名子女（芭布蘿、亞蘿拉、皮特和烏德因）全抱著真切的關懷。我根據在網路上找到的訪談與報導（我當然也添加一些杜撰的軼事和引述），編織出一段我和安德雷兩人交情的縝密說詞。

要是我再度遇上艾瑞克·路德因的後人，我就會編造出一份天衣無縫的不在場證明。假如那個曾是我前妻的芮都出席（她已經翻到我的雪茄菸盒了），我的說詞就得滴水不漏、無懈可擊才行。我出席安德雷·丹尼維葬禮的合理性，不容世間任何人指指點點、說三道四。

安德雷在歐爾鎮有座小屋，它坐落在由瓦爾茨上行可到、位於馬庭鎮那面樺樹林叢生的岩壁旁。安德雷和這個地方有很深的情感；他也很喜歡靜坐著、獨自工作幾天，不受家人或同事打擾。那面樺樹林叢生的岩壁只是個入口，進去便是幅員遼闊的山居美景——而他和山間美景的淵源則更是深厚。他熱愛山間健行，我們在這一點上志同道合。我倆都必須活動身體，才能同時使思緒活絡起來。在山間健行就是一種思考方式。這是一種自我承認的模式。

八月底一個陽光明媚的日子，我們在雷恩斯托倫初次見面。我仍記得，我們最初交談的幾句，鐵定是關於那座古老的山間農場。不過我們開始變得熟稔，是經年累月下來、一起經歷過的許多精彩健行。有一、兩回，我們來到低谷冰河，將北起巨人峽、南到高斯塔峰的挪威山區三百六十度全景盡收眼底；在一個風光明媚的秋日，我們上到雷明斯船鎮的最高點，當時雲莓的採收季剛好結束，而屬於秋季的色彩仍最為鮮豔。我們在山頂處坐下；我記得，針對我們這一代人相當致命的碳排放、大氣層暖化、全球海洋酸化，連帶導致地球表面可居住空間萎縮的無情結果，我們深談了許久。從八〇年代末期，我藉由讀報來接觸這方面的發展；但那天，在山巔上（接近世界的天花板），安德雷讓我深入地了解這一切的自然科學背景。他提到：五千五百萬年前，也許是因為印度大陸向北方的推移、刮擦了海底，引發火山活動並釋出大量的碳，大氣層中的二氧化碳含量因此急速升高；結果溫度在一段相對較短的時間內迅速提升，陸冰融解、海平面升高數十公尺。他並補充道：現在人類就是在模仿這個全球實驗，我們所做的事和印度大陸板塊在海底釋出碳，如出一轍，只是時間短得多。要恢復碳平衡，得花上約十萬年的時間。

我問他是否相信宇宙間其他星球上，存在有智力的生命體。安德雷回答：

「肯定會有生命體。至於是有智力的生命體，這點我比較不確定。我們沒有來自外太空的音訊。我們沒有和外星文明建立聯繫的原因，也許和我們在這裡所聊到的，也就是碳燃燒有關。」

我不理解他的意思。

「怎麼說呢？」我問。

安德雷用深沉的眼神盯著我；他說：

「有能夠滋養、孕育生命大氣層的地方，才會存在生命。構成這一點的先決條件之一就是：大量的碳必須要以某種形式被固定在類地星球的底部──石化沉積物、植被、死去動植物的遺骸──也就是化石層裡。弔詭的是，直到這種化石能源被利用、燃燒，高度科技發展的文明也許才會出現。因此，行星的大氣層即便出現迅即的變化，在這種文明誕生之前，也不會持續太久。」

我們坐在雷明斯船鎮的山巔上。我們坐在銀河系裡，一顆行星的最高處。也許，我們是坐在一顆生病的行星上……

我會以自己最無懈可擊的哈林達爾口音陳述、描繪並深入說明。這將是一項額外利多：我是鄉間農民之子，和一位來自艾蘭道爾的海洋學家同樣關心氣候、同樣熱愛健行。在這一層意義上，我不再定居於歐爾鎮的事實根本不足為道。我穩當地坐進車裡，駛進這片從孩提時代起就深深鍾愛的山林景致。這場葬禮上，要是真的那麼不巧、遇上同村的居民，我已經準備好說明：我在下方的漢瑟谷購置了一棟小屋；這些年來，我都將它當作在歐爾鎮進行山間健行的起點。

但妳踏進了聖三一教堂。正如我之後會說到的，我覺得我倆的目光恰好同時交會，兩人都有點緊張。一切只除了妳看起來是那麼耀眼、堪稱奪目。黑色披肩、黑髮披散在衣領間，看起來既優雅又美麗、既溫文又冷豔。我憶起，在過去的這一年來，我是如何頻繁地想到妳；再次遇見妳，將會是什麼樣的情景？

至少，妳和我一樣手足無措；我已坐在教堂的長凳上，附近還有很多空位，但妳要坐在哪裡呢？無論如何，這可不是我優雅地伸出手臂、邀請妳坐到我身旁的好時機或好地點。亞格奈絲，我看到妳的猶豫，但妳最後還是決定走過去，坐在離祭壇較近的其中一排長凳上。

同樣地，當我們離開教堂、黑色的靈車駛遠後，我們便湊在一起，隨著其他人朝泰爾島的克拉麗奧旅館走去。妳提到妳曾和安德雷一起念書，在日後也保持聯絡。我想，妳提到了某個傀儡劇場。

但妳並沒問起我是如何認識安德雷的。我認為妳在此展現了最高度的謹慎；或者，妳只是受不了再次聽我撒謊——畢竟這很有可能發生。

我們走進旅館時，妳望著我說：「也許我們就坐同一桌吧？」

妳為什麼會這樣說？我不知道自己是如何反應的，但就在坐定之際，我們幾乎像是代表同一個家庭；和某人在一起、心領神會，對我而言，這種感覺還真不習慣。

我們這桌坐了八個人。我馬上就察覺到，你們其他七個都認識彼此，也許還都知道各人和安德雷的關係。只有我是外人，而我也很熟悉這個角色。除了妳，我之前並未見過任何人。大家用試探般的眼神望著我；那並不是狐疑，而是友善、帶著些許鼓勵意味的眼神。然後，那個殘忍無情的問題出現了：「你是怎麼認識安德雷的？」

我內心已有答案，或者像人家說的，早有準備：「位於哈林達爾的歐爾鎮，瓦爾茨，雷明斯船鎮，山間綿長的健行……」

但我難以啟齒。現在妳坐在我旁邊，而妳是認識我的。此刻，我難以胡謅、瞎扯。我不知道，面對我的能言善道，哪怕只是一小部分，妳會作何反應。

有那麼幾秒鐘的時間，我完全說不出話來。這妳也看見了。妳或許心想：我又準備要開溜、奪門而出了。

我望著妳，心想：我能說自己並不認識安德雷嗎？我能說，我是和妳一同到艾蘭道爾的嗎？

情勢危急，已經到了臨界點上。

這時，妳卻碰了一下我的肩膀。妳環顧四周，宣布：很遺憾地，我並未見過安德雷。我是陪妳出席這場葬禮的。

桌邊其他人似乎都喘了一口大氣；我不知道這最主要是因為他們能夠將我加以歸類，還是因為由於妳有護花使者陪同到艾蘭道爾，而感到振奮。

但是，妳救了我。妳救了我兩次。

我們聽著由大會傳出的追悼詞；它其實透過揚聲器發出的。好幾篇致詞，最後都泣不成聲。安德雷毫無徵兆地離開了人世。他驟然而逝，來不及感受到人們對他的思念；隨後，一位船主才發現他的船漫無目的、隨波逐流。那位發現安德雷陳屍船艙地板上的船主，也出席了追思儀式。

桌邊也很自然地聊起死者。好幾位來賓是氣象學家；其中兩人是安德雷在佛羅汀維根（位於艾蘭道爾郊區）海洋研究院的同事。因此，我們也稍微聊到氣候。總之，八十萬年以來，大氣層中的二氧化碳濃度首次超出億分之四；這項紀錄主要得歸功於人類的燃燒碳。已有說法指出，節制二氧化碳的排放量，是不足以挽回均勢了。這些氣體遲早必須再度被大氣層吸收，例如透過廣泛使用含碳層的生物燃料。

∴

妳介紹我們的方式不僅相當自然，也使我們能夠一同離開追思會場。我們一離開旅館，就得與彼此單獨共處了；我們該何時、如何與彼此道別，界限也不再那麼明顯。

在那短短的一小時中，我們一邊散步，一邊天南地北地聊著。我們來回繞著波爾倫，並沿著泰爾島上的碼頭走著。我倆都要回奧斯陸；我是自己開車，但妳有傍晚從謝爾維克出發的機場巴士票。我們說好，我載妳到機場，然後再轉往北邊。

我們上車時，我坐進駕駛座，妳打開旁邊乘客席的車門。派勒一如往常地坐在那兒。我啟動他，使他轉向我。我拉起他，在那一秒鐘的時間裡，猶豫著該不該把他扔到後座；我倒是很樂意這樣做，他又不是活人，這對他沒關係的……

但就在妳即將坐定，我讓派勒來到我左臂上；他見縫插針，立刻轉向妳：他彬彬有禮地對妳深深一鞠躬，用招牌的聲音自我介紹起來：

「本人是彼德．史柯蘭多。不過，絕大多數人都叫我派勒。」

妳的面容隨之一亮。妳看著派勒說：

「我是亞格奈絲。亞格奈絲．博約．歐爾森。」

派勒應道：

「那妳也許和傳奇北歐語言學家馬格努斯．歐爾森是親戚囉？」

基本上這是個荒謬的問題，因為歐爾森是這個國家常見的姓氏之一。但是妳點點頭。

「沒錯，我們其實是親戚，只不過是很遠的遠親。」

派勒試著擺出愉悅的神情，說道：

「小姐，對我來說遠親就夠了。妳可知道，他是在我們現在所處的這個小鎮長大的？」

這時，妳露出一臉羞愧的樣子：

「不，這我不知道，真的不知道。」

「或者他的侄子，也來自艾蘭道爾、後來成為卑爾根大學北歐語言學教授？他叫路德維格·宏恩—歐爾森。」

妳饒富興致地笑了，但說道：

「這我也不知道。」

「沒有人是萬事通啦，」史柯蘭多先生下了結論。

妳並未將目光從他身上移開。但就在妳猶豫著是否要多說些什麼的時候，派勒冒出一句：

「妳結婚了嗎？」

妳微笑著；先是點頭，然後只是搖搖頭。

派勒點點頭，後腦杓對著我：

「他也還沒結婚。」

但妳只是繼續深沉地望著史柯蘭多先生的雙眼，完全沒理會我。妳臉上浮現一抹陰影。

「我結過婚，」妳說。

派勒回答的方式依然極其唐突。他再度朝我點頭，說道：

「他其實也結過婚。很難以置信吧。但現在他在市場上待價而沽呢。妳意下如何？」

妳再次笑了，笑得痙攣起來、不可開交。妳還是沒有望向我，仍只對著派勒，繼續笑個不停；妳只是繼續笑著。

這時我抓住史柯蘭多先生的胳臂，向後將它扔進後座。我可從沒那麼火大過。這次，我覺得他實在太過分了。

但就在我發動引擎、將一隻手擺在自排檔的操控桿上，妳同時將妳的手搭在我的手上；那只持續了一秒，但妳堅定地按了我的手背一下。我踩動油門踏板。我們上路了。

就在我即將駛下E 18號高速公路、準備往左載妳到謝爾維克時，妳問是否能一路送妳到奧斯陸。要朝我預定路線的相反方向行駛，感覺是如此不真切，妳說。

因此我們在一同返回首都的路上，共度了好幾個小時的光陰。我們天南地北地聊著。妳要我多談談葛瑞絲・西希莉，以及我們一同穿越歐蘭德峽谷的徒步健行之旅。我望著妳，問妳是不是認真的：要我和妳多談談葛瑞絲・西希莉在歐蘭德峽谷的徒步健行之旅？妳笑顏逐開，神祕地點點頭。妳就好像一個小孩，我的故事從滿滿一袋糖果裡被挑出，妳永遠意猶未盡。我說起故事來。

我們開始聊到妳的表哥圖勒。一開始，也許是我問起他額頭上怎麼會有那道明顯的傷疤。但是到奧斯陸的旅途漫長，於是妳從頭說起。

妳說：你們都出生於一九五七年的十一月，其實年齡相仿。妳的親哥哥大妳好幾歲，而圖勒在妳的整個童年間，就像同家庭養育、但有著不同親生父母的兄妹一樣親。成年後，你們之間的聯繫仍然相當密切。

圖勒在學生時代就認識了麗芙－貝莉；他們很早就生了孩子，而妳看著他們的兩個女兒從小長大。對她們而言，妳就像個親孀孀；而妳也沒有自己的子女。

現在，圖勒是知名的神經學家和腦部研究員，而妳並不掩飾自己的與有榮焉。他的名聲早已響遍全球的學術界，不久前還主持了一場在奧斯陸召開的國際會議，主題是「人腦與記憶」，也正是圖勒自己的研究領域。

「那他是怎麼說明記憶的呢？」我問。

妳笑了。「我問過他好幾次，」妳說。「你知道他怎麼回答嗎？」

我搖搖頭。

妳說：「他對此一**點感覺**都沒有。圖勒可是世界頂尖的腦部研究員之一，但他竟不理解記憶是何物。」

現在輪到我笑開了。亞格奈絲，我覺得我們在一起的感覺真好。

「每個十二歲的小孩都知道思考是什麼，」妳補充道。「而且，大多數的小男孩都知道關於宇宙的一切；但天文學家只是絞著手承認：他們感受不到浮力。」

我倆都笑開了。

「那他額頭上的疤痕又是怎麼回事？」我再次提起。妳總得告訴我這段故事吧。

小時候，你們總是在玄曾祖父位於華爾勒的鄉間小屋度過暑假時光；即使圖勒是男生、妳是女生，直到青春期，你們都共用一間臥室。父母親逐漸開始建議別的解決辦法，但你們同聲抗議。

你們能整晚躺在同一個房間、聊到隔天天亮——暑假時，早上四點鐘，天就亮了。或者，你們會躺著、保持清醒並聆聽夜鶯的啼鳴。她的歌聲是如此美妙、音域是如此高亢、力道是如此渾厚，使你們忍不住相視而笑；有那麼幾次，歌聲美妙到你們笑得前仰後合、不可開交。

有一回你們在蘋果園裡玩耍，發生了件頗戲劇化的事；妳非常確定那時你們只有八歲，因為那是葛瑞絲・西希莉坐上輪椅的第一個夏天。妳和圖勒正試著拆開一座古井的封蓋——那不過是片厚木板，雖然也很重，但並未牢固地鑽入水泥地面。你們已經把封蓋推到一邊，朝井裡窺探；裡面沒有水，但黑暗中，你們卻能望見下方數公尺之遙。

這時，說到記憶，妳帶入了這個話題；妳表示，妳記不得當時究竟發生了什麼事，這可能得歸咎於某種潛意識的壓抑。但這場遊戲的結果是：圖勒倒栽蔥跌進了井裡。妳高聲呼救，四個大人急匆匆地趕來。他們倒是很快就把小男孩從井裡弄了上來，但妳再次說明，妳已記不得任何細節了。深深烙印在妳心裡的，只剩下妳表哥頭上有一大塊刮傷，血流如注。但他並未失去意識，也沒有哭。

那時候，華爾勒和其他小島間尚無道路或橋梁連接，因此大人們在暫時幫圖勒包紮傷口後，必須急忙搭船到克羅克島；救護車就在那裡的碼頭上等著，準備將小男孩載到位於菲列克市的醫院。但妳不能跟去，而最糟糕的就是回到島上空等。妳感覺大家都怪妳，彷彿都在為已經發生的事而責難妳。自從葛瑞絲・西希莉半年前的意外之後，全家似乎無法再舉辦更多的郊遊或踏青了。

圖勒和他爸爸當天很晚才從城裡回來。那時候他頭上已經纏了一層厚實的繃帶。他們縫了十七針，**因此**造就了那道傷疤。

妳必須再次重申：記憶真是個難解的謎，妳無法重述當時事發的所有情況，卻有一件事令妳印象深刻：圖勒帶著一個裝滿水果糖的袋子，而且拒絕在回到家前打開它；因為他想與妳分享。

在陳述完一切之後，有那麼幾秒鐘，妳只是坐著、盯著路面。但妳隨後便抬頭望著我，近乎害臊地喊道：「我不明白自己為什麼要跟你說這些！」

但我明白得很。是我要求妳說的。

而這一切是如此美好。聽妳說故事，真是美妙極了！我們彷彿已經認識彼此多年。

但是，這個問題浮現出來——為什麼**我**現在在陳述這一切？為什麼此刻的我得坐在哥特蘭島上、重複這一切？我們在車內聊了些什麼，妳都知道。

沒錯，亞格奈絲。但是我喜歡重述這一切。妳的敘述是如此的鮮活、真切而熱情，聆聽這樣的敘事，使人感到生趣盎然。像這樣的親近感，我並不習慣。

我能在長途車程中和同車的人聊天，早已是許多年前的往事。和亞德蓮到歐斯加德灘的旅途，只不過是幻想。我可以把它寫成：一廂情願的遐想。

我太常這樣欺騙自己了。

有一次，妳要我在休息站停車，因為妳想和派勒聊天。那時他仍以外表隱藏自己，此時對話則出現了轉折點，使我為了他的緣故感到麻煩不已。我認為他已經問了妳太多私人問題。妳對他有問必答，極富耐心；但妳也很機警，迅速地反問派勒幾個問題，藉此把球打到他的半場去。派勒很樂於喋喋不休，一路扯到一九五九年的歐爾節，雅各（也就是我）從湯博拉把他贏回來的事。在這以前的事情，他全都記不得了。

我們接近奧斯陸；我意識到，漫長的車程即將畫上句點。我們當中有人提議，就在島嶼灘的 Marche 餐廳共進晚餐。我們在喝咖啡時都同意，我可以寫信給妳。我們沒有做出任何再見面的協議。我們甚至沒提及這種可能性。但妳說：我可以寫信給妳。最後，是妳**請**我寫信。妳想了解我是怎樣的一個人，以及我為何要參加葛瑞絲．西希莉的葬禮。

然而我對另一件事的記憶，可是非常清楚：即使我們沒有訂下再次見面的協議，妳在我們抵達首都時，仍說了某件事。妳說，之後還想見到派勒。而妳也獲得了我的保證。我得保證，妳將再次見到派勒。

我還沒決定是否要將我的故事寄給妳。在做出決定前，我得談談在哥特蘭島上的體驗。這裡也會稍微提到路德因家族。除了我正坐在這裡、振筆疾書外，如非必要，我還真不想多談這裡的一切。

史文—歐克

二〇一三年五月二十日，星期一：五旬節次日。

我安靜地坐著，遙望榆樹谷與波羅的海。閃亮的海面呈淡藍色，夕陽正向西沉入水面，幾乎完全靜寂無風。

我將兩面窗戶敞開。就我記憶所及，這是最熱的一個五旬節。

我坐在這旅館客房裡，除了偶而迅速到城裡覓食、晚上加點幾杯酒以外，已一連振筆疾書四天了。雖然我點的酒量都從未少於一瓶，但謙遜可是美德，因此我總以杯為點酒的單位。我喜歡把這些酒杯放在桌上、一杯接一杯地喝掉。我在威斯比常光顧的餐廳叫做「公賣局」，它的前身就是瑞典酒類公賣局的店面，因此而得名。

撇開我描述的那些發生在哈林達爾的故事，我的敘事前後貫串了近十二年。距離我在名譽教授艾瑞克·路德因的葬禮上見到妳表哥，以及和郁娃針對印歐文明而引發的小騷動，已經過了一段相當長的時間。短短幾個月後，我再次遇上這位年輕女士。那是在亞德蓮葬禮後的追思儀式上；此外，我幾小時後又在歐沃爾森林裡的一條小徑遇見她。

從那之後，到現在之前，我沒再見過她；我寫「到現在之前」的原因是：現在、就在我身處哥特蘭島上的這時間，郁娃突然出現，而我正逐漸接近我敘事軸上一個她將再度扮演重要角色的時間點；那是五月十七日下午，我在島上的第二天。

我來到哥特蘭島上的目的，說穿了就是與外界隔離。我完成了一期論文，是我在夏天來臨前所要處理的最後一期論文；我也安排了時間充裕的五旬節假期，讓自己能夠好整以暇地坐在旅館裡、用筆電寫作。亞格奈絲：這是為了妳而寫。我說過，我總要試試看。

現在，我得先在敘事軸上插進在我們最後一次見面的僅僅一星期後所發生的某件事。一天上午，我到上園縣出差；我在結束這項專業工作（在某種意義上，它和我的教職有關）後，徒步經過柯爾伯（Kolbotn）教堂，準備往下走到火車站。我無可避免地注意到，那歷史悠久的石造教堂裡正舉行著某種儀式。我看見一輛靈車，感覺到那是一場葬禮。

我幾乎是被過往的習慣所驅使，踏進教堂園區、再躡手躡腳溜進教堂。神壇前方是一副白色棺木，以及一個樸素的弔唁花籃。主持儀式的是一名男性牧師，而有三個人坐在中央走道左邊的講者座椅上。兩名來自殯儀館的業務代表則坐在教堂裡最下方的一張椅凳上，離我站了幾秒的位置不過幾公尺遠。

我從和教堂相連、傳統上用於儲放武器的小屋裡一張沒有扶手的木製餐桌椅上，取來一份哀悼儀式的流程表；現在，我朝手裡的流程投去一瞥。第一頁印著死者肖像：竟是那位身材高大、面色黝黑的男子！

我驚恐地奪門而出，連跑帶爬地衝向柯爾伯車站，腦袋裡只想著：那本來可能是我！

現在，對我而言，一個時代顯然已經結束了。我永遠不會在各場葬禮上到處亂轉了。關於我出席葛瑞絲・西希莉的追思會，妳也已經很溫和地譴責過我了。

同樣的：當我收拾行囊、來到哥特蘭島時，這回還是以防萬一，帶上了一套黑禮服，以及一雙擦得發亮的皮鞋。

旅途中，身為顧客，我很樂意和包括侍者、旅館早餐部職員及櫃台接待人員在內所接觸的服務業人員稍微攀談一下（對他們來說，我可能很不識相，也可能是一種折磨）。但除此以外，我不敢完全排除自己在這種多日的長途旅行中，想要和其他人共處的企圖或最後一絲可能性。

此外，我帶著派勒。凡是長途旅行，他無役不與。我也可以和他一同坐著，相談甚歡。

我們得花上整整兩、三分鐘在威斯比這座小機場的入境大廳等行李；這時，我發現一個紙籃裡有份《哥特蘭大小事》日報。總之，那是四天前的事了。

我去到一個新地方、拾起地方性報刊，也不是第一次了；這可是認識一個地方以及了解周遭正發生的事的好方法。

那已經是好幾天前的報紙了；稍後，我在旅館客房翻閱它時才注意到：年邁的神學家暨牧師史文—歐克．嘉德爾的葬禮將於隔天（亦即五月十七日、我這趟迷你五旬節假期的第一個完整整天）上午在橋梁教堂舉行。那座教堂位於威斯比這座漢薩商業同盟古城以北十餘公里外，就在通往綿羊島[45]的路上。

我又讀了一次訃聞，旋即開始想著這位往生者；這天晚上，我決定自己有義務出席史文—歐克的葬禮。由於我必須堅守不再放任自己「亂入」他人葬禮的信念，在此將這段漫長、範圍遼闊的「職業生涯」畫上句點，可謂合適之至。我人在國外，這也使我較易下定決心。人們在國內戒絕了許多事情，卻在偶而出國時輕易地任由自己故態復萌；而我又何能例外？

我坐在旅館客房裡，用Google在筆電上搜尋起史文—歐克。我必須向自己確保，出席隔天的葬禮絕對有可信的理由；我的結論是，我擁有相當充分的一系列理由。我愈是把這些理由想過一遍，它們愈是變得厚實、內化，變成我的一部分，以及我自己的道德藉口。

嘉德爾是瑞典教會中最知名的開明派神學家之一，這也讓他在哥特蘭島、甚至全瑞典都成為充滿高度爭議的人物。對於耶穌做為神子，他有自己的見解；他傾向的流派是，耶穌憑著自己事功的力量（而非血緣），被上帝收為義子。因此，他也藉由自己的虔誠、否定了《馬太福音》與《路加福音》中傳達關於處女生子的說法，而他唯一論理的證據，竟只有一句《以賽亞書》第七章第十四節中被誤譯的經文。根據希伯來文的原始文本，先知宣布道：一位「少女」（alma）將懷有身孕；但在《七十士譯本》[46]（大約西元前兩百年、從希伯來文到希臘文的譯本）中，該字卻被誤譯為「處女」（Parthenos），而《馬太福音》和《路加福音》就引用了這段譯文。

有那麼一次，史文—歐克甚至宣稱，他的基督教身分認同並不受關於耶穌復活、基督升天或五旬節神蹟這些「教條」（他還真是這麼說的）影響。他在一次備受討論的廣播電台訪問中，說了這些非常叛逆的話：「假如基督沒有復活，我仍舊是耶穌基督的牧師。」多年來，嘉德爾被要求收回這些話，但他從未這麼做過。

我在心中逐漸編織出牧師和我在多年前結為好友的故事；我們最主要是藉由神學論述相

---

45 Fårö，瑞典哥特蘭群島區第二大島嶼。島上人口少於六百人，但在夏天則為度假勝地。

46 Septuaginta，新約時代通行的希伯來聖經通用希臘語譯本。

識，但個人情誼也相當強烈。在幾經深思熟慮後，我出言表達對嘉德爾神學論點的同情立場，因為我修讀的科目包括基督教，這頗合情理。

我對他坦承、說明的勇氣與能力抱持極高評價。太多的神學家為了信眾及社會大眾而讓步；他們對於教會的教條已不再抱有信念，對天使、魔鬼、原罪或審判日就更不用談了。我相信，那種甚至已經不在自己家裡房間做晚禱、卻確保自己一定要在公開彌撒場合滔滔不絕、念著儀式禱詞的牧師，鐵定大有人在。完全無動於衷、和信眾們一同抱持使徒式信仰而在第一、第二或第三層信仰上都不再抱持個人信念的教區主任，也必大有人在。

我對人們的信仰總是寬宏大度，這也許是我得自嬉皮時期的特質。但在此同時，對於失去或必須放棄部分孩提時代信仰，但不壓制它、轉而在公領域出場，也宣揚自己所不再信仰理念的人，我抱持最大程度的尊重。與此相反的，我則稱為偽善。

∴

無論是從面積（每平方公里）或人均比來看，全球中世紀教堂最多的地方非哥特蘭島莫屬；而橋梁教堂更被形容是這些教堂中最漂亮、最具特色的一座。

教堂牆上嵌著始自西元五世紀起、有著非基督教主題的石塊。最華麗的石塊有大型太陽符號、兩組蝴蝶結狀圖案，最下面則是一艘配置划槳手的船；這一切都是哥特蘭島圖像石上相當常見的題材。教堂最下方的塔樓底下，有座年代大約始自十三世紀、以砂岩刻成的精細施洗泉，它精美動人，宛如一大塊陶藝品，堪稱是一件小小的傑作。而在祭壇左上方的壁面，還看到了我所見過最可愛的伊甸園壁畫：亞當、夏娃舒適地待在園裡、被肉食猛獸與正嚼著青草的動物包圍，一片和樂融融。然而，人間的純潔無邪即將徹底改觀，因為夏娃伸出了手，從自知識樹下鑽出的蛇那裡接過禁果。可是啊夏娃！妳知道自己正在做什麼嗎？

在葬禮開始前一個多小時，我就抵達現場了，這樣我才有時間在其他人出現以前好好瞧瞧這座教堂，同時有充足的時間了解那座在古老石灰岩圍欄內、環繞著教堂的小型墓園。我看到好幾個刻有「嘉德爾」名字的墓碑。現在，那裡已經為老牧師闢好了一塊墓地。

嘉德爾是哥特蘭島上迄今仍相當常見的姓氏，歷史悠久。西元十八世紀中葉，拉許．博霍德．霍格蘭從「Garde」或「Garda」教區名中採用了這個名字，意即「圍起的區域」。這些名字就像是挪威文的姓氏*Gaarder*一樣，在語源學上與挪威文的*gård*與*gjerde*、德文的*garten*、法文和西班牙文的*jardin*、義大利文的*giardino*和英文的*garden*，甚至*courtyard*裡的*yard*有關；「courtyard」複合字的前、後兩部分，可能都要回溯到印歐語言裡的同一個字根*gher-*，意謂「範圍或內圍」。此外，這個字根還構成了神話中的*Midgard*（中土世界，也是人類的居所）、*Asgard*（眾神的家），以及*Utgard*（那座位於巨人或精靈領土內的城堡）。古老北歐語言中的君士坦丁堡或拜占庭叫做*Miklagard*、或是「大城市」。此外，我們還能夠從同一個印歐語言字根*gher-*中，得出梵語中意謂「房屋」或住所的*grhas*、拉丁文中意謂「園庭」的 *hortus*，乃至於園藝花卉的名稱 *hortensia*，希臘文意謂「封閉區域」的 *khortos*，愛爾蘭文意謂「土地」的 *gort*，教會斯拉夫語意謂「城堡」或「城市」的 *grad*，例如列寧格勒（Leningrad），以及俄文的 *gorod*，例如諾夫哥羅德（Novgorod，新城市）等等。

我對這些語言上的關係，又怎會如此沉迷呢？答案簡單到幾乎使人不舒服：我又不認識其他形式的關係。除了宛如家族的印歐語系，我無法和任何其他大家庭產生關連。不要告訴我身分、歸屬感和語言沒有關係。成長歷程中，哈林達爾方言就是我的母語；它是挪威語的一支，挪威語是北歐語或北日耳曼語的一支，而它們和英語、德語、荷蘭語、弗利蘭語、意第緒語在內的西日耳曼語，以及屬於東日耳曼語的哥特語，同屬日耳曼語系。哥特語雖一度為書面語言，卻是日耳曼語系中早已絕跡的一支；四世紀中葉所流傳下的一部聖經（也就是所謂的《烏爾菲拉[47]聖經》）片段就是以它寫就的，除了年代更久遠的如尼文字，它就是最古老的日耳曼語言文本了。整體上，**日耳曼語系**是**印歐語族**之下類似的幾個主要分支之一……

我既沒有在世的子女或孫子女，也沒有在世的雙親或手足，但我口中的語言是有生命的；在這當中，我非常清楚地看見了從冰島到斯里蘭卡、遍及全印歐語區繁盛複雜的親屬關係，而其歷史橫亙了整整六千年！

我說的語言——我現在說的可不是別的，我說的可不是生物基因，那和語言根本一點關係也沒有——我說的語言是來自一小群人，他們就是五、六千年前，也許生活在南俄草原上的古印歐民族或原印歐民族。我的語言是傳承自他們的遺產。一大部分我所使用的單字，就是這類印歐語言的原生字。

總而言之，我在一個使我感到強烈歸屬感的語族裡。我所說語言的曾祖父、高曾祖父、玄曾祖父、叔叔與嬸嬸、表兄弟姊妹、堂兄弟姊妹、三代堂表兄弟姊妹和二代堂兄弟姊妹，都在這裡。我對數千年來這個家庭中其他不同分支的概況，亦有一定程度的了解；相反地，我對漢藏語系就一無所知，而尼日爾—剛果語系，全球第二大規模的語系，涵括非洲包括所有班圖語言在內的一千餘種不同語言。然而，由於亞非語群涵括了希伯來語、阿拉伯語與埃及語在內的語言，我也從中引用了幾個字。這個語族中，至少已有一個單字被提到：希伯來語中意謂「少女」的 *alma*。我還可以再提另一個單字：亞拉姆語中意為「父親」的 *abba*。耶穌在《新約聖經》中投奔上帝時，就用了這個字。

我對這些其他語族可沒有任何怨言；只不過，它們並非我所屬的家庭罷了。

∴

古老的教堂坐落在一條鄉間的農路旁。人潮逐漸蜂擁而至；我想到，童年時期每逢婚禮或葬禮，總有大批人潮循鄉間道路來到我成長的峽谷。有編號的教堂長凳很快就座無虛席。此外，教室空間的後半部，還有一票人站在那座古老的受洗池與通道之間。

47 Wulfila, 310-381，哥特主教與聖經翻譯者，創造出哥特文字母系統。

牧師坦承了自己與教會對基督復活的信仰，但他同時也屈服於耶穌從未親自針對自己的追隨者制定出類似的信仰規則或條件。同樣被釘死在十字架上的那惡棍，不就沒上天堂、沒留下什麼信仰價值嗎？對於史文—歐克．嘉德爾作為教會僕從與貨真價實的基督徒，又有誰能因此而質疑他呢？

最後牧師表示：瑞典教會的權威，應該要能再提高一些。我們並不完全確認耶穌是如何表述自己的，而我們也並不真正確知，他是如何看待自己以及自己所扮演的角色。但今天，在史文—歐克．嘉德爾的葬禮上，我們必須獲得許可，才能附和保羅的話說：假如基督沒有復活，那我們的信條與信仰就毫無意義了。現在，史文—歐克已經與主同在！就算他本人都不相信這項神蹟，我們也可以相信他。我們將能夠相信、並希望史文—歐克的復活！

關於牧師針對一位備受敬重的同事的基督教觀點，所發表深具教誨且近乎獨斷的言論，我不無意見。但我不動聲色。也許今天稍晚，我就有機會表達自己的看法。我記得當時是這樣想的。我認為我是如此熟識史文—歐克，甚至覺得維護他的遺訓——就算這不能稱為他的精神遺囑——是我的義務。

現在，當葬禮告一段落，所有來賓均受邀出席追思會。我不清楚它是在教會的會館，還是附近其中一座農場舉行；他們只提到一個名字，我分不清那是地名還是個親族——而這兩者相等的可能性還滿高的。先前，我從未到過那些地區。

告別式結束後，棺木被抬過教堂、安置在離教堂僅四十到五十公尺的一處戶外墓地。牧師在炙熱的陽光下朗誦了幾段《聖經》經文，棺木被放入墓穴中、牧師執行了覆土儀式，又說了些關於復活的話。他們唱了幾首讚美詩，而先前還依慣例身著黑衣、緊密地站成一圈的來賓開始解散，在各塊墓地間或單向礫石路上移動、散去。人們相擁著、悲泣著，但我也觀察到幾張愉悅的笑臉。

我們從一道粉白色的門離開墓園；直到置身於那道閃亮的石柵欄外，來賓間的交談才變得輕鬆起來。我們可是一大群人，估計有一百五十人之譜；我很樂於代表這樣一個飽和、多元的群體。

大家並非全來自哥特蘭島。我發現有不少人專程從瑞典本土過來送史文－歐克．嘉德爾最後一程。這位牧師再怎麼具爭議性，也總是瑞典教會的核心人物之一；而且，他鐵定也有自己的擁護者。

有人對我說話，我用挪威語回答。我並不需要這麼做；我是說，我幾乎完全能像個瑞典人一樣說著本土語言，問題只在於：我是從哪個省來的。幾乎四十年前，我曾在隆德大學修過一門叫做「瑞典語言與文學」的暑期課程，不過我覺得，在一場葬禮上、尤其是在一個象徵坦率的人物葬禮上偽裝自己，也太過分了。

現在，我如此接近那敞開的墓穴，卻已開始害怕和盤托出關於我和史文－歐克相識的故事。我想起艾蘭道爾，以及我們在Marche餐廳的對話。但是，只要我還是這個「家庭」的一分子，我就至少得回答對我提出的問題。我說，多年前，我在斯德哥爾摩的一場大公主義會議上見到了史文—歐克，並在接下來的數年間與他建立起某種聯繫。我們從來不能算是密友。

在使心情沉澱時，我也開始調整自己。我表示，我是由於另一件和史文—歐克葬禮完全無關的事來哥特蘭島的，其實不知道他過世了。但在我來到島上後，我感到自己有一份甜蜜的義務，到橋梁鎮參加他的葬禮。

當我見到一對自我介紹為史文．伯提爾和古妮拉．路德因的中老年夫妻時，我被打敗了；我緊張起來。我問他們是否可能剛好和曾任教於奧斯陸大學、備受敬重的語言學教授艾瑞克．路德因是親戚，他們瞠目結舌；我相信，這是因為我歪打正著、猜對了。此外：我也早該想到那對在教授葬禮上，說著道地哥特蘭語的夫妻。我現在所面對的不就是他們嗎？因此，我就談到自己和艾瑞克．路德因的關係（除了他的子女，以及所有的孫子女；經年來，我和他們保持某種形式的接觸）。他倆互換一個眼神，其中一人提醒：路德因可是全瑞典最常見的姓氏之一。他們說：有超過一萬五千個瑞典人姓路德因。被以這種方式「教訓」，我感到很丟臉。

最後，當我被迫參加追思會時，我謝絕了。我說我必須趕回威斯比去，有人在那裡等我。

我聽見自己回絕加入如此熱情、充滿包容的群眾，都自覺怪異。這種語言和這些方言，對聽覺和心智都是一種喜悅。但我已下定決心：現在，這場遊戲必須徹底結束了。

有時，見識到自己和自己的反應，是一種很弔詭的體驗。有少數幾次，那可是完全無法預期的經驗。

我已經開始想念派勒了。他就在不遠處。當我在田野間散步時，總喜歡帶著那個小小的健行背包，而他就和一瓶水、一本書窩在背包裡。我從來不覺得穿著黑色禮服走來走去、肩上還揹著一個小布袋有什麼不妥——前提是，布袋也是黑色的。

∴

我已記不清自己是如何再度孤獨地站在一棵大樹的樹冠下，而身穿黑色喪服的群眾漸次散去、消失無蹤；我唯一記得的，是一切宛如慢動作影片。周遭的人群愈來愈稀薄；我感到喉嚨似乎哽著。很快地，我就孑然一身地站在那道包圍墓園與古老中世紀教堂的石柵外。我彷彿被妖術迷惑了，而最後又從那可愛的魔法中脫身出來。

該怎麼回去威斯比，我一點概念也沒有。我是搭計程車來的，但現在想在此地如法炮製，簡直完全不可能。我開始往城鎮走去，不久後便停在一處沒有遮雨篷、但有著為候車乘客搭建，精美、漆著藍色長凳的公車站前。一小時內，會有公車從綿羊島駛來。假如我一直走，一小時後應該已在往威斯比的半路上了；但天氣很熱，我選擇坐在長凳上等。

我拉開小背包的繫帶，喝了幾口水，把派勒放在我旁邊，讓他坐在藍色長凳上。但他又想爬上我的手臂；他像從窩裡冒出來的螞蟻那樣活蹦亂跳，即使我大可先讓自己的心跳穩定下來、我們再好好談談，要制止他仍是不可能的。派勒可不準備善罷甘休。我只能將他拉到我左臂上，他瞪著我，開口了：

「現在是怎樣？我們現在怎麼辦？」

「我們在等公車，」我說。「幾乎要一整個小時。」

「我們就坐在這裡乾瞪眼？一整個小時！」

「我們可以玩『奧丁的烏鴉』遊戲，」我提議：「我們可以坐在這裡，到處張望。我們可以告訴彼此自己看見了什麼？」

他將眼神從我身上抽離，扭過頭去望向鄉間的產業道路。

「我看到一條路（vei），」他說。「它出自於北歐語言的*vegr*，和挪威文的*vogn*（車廂）有關，而該字又源自日耳曼語系的*wagna-*，同理可得出英文的*wagen*和德文的*Wagen*。它們源自於印歐語言中意謂著『運送』的字根*wegh-*，例如拉丁文中意為運送、運輸的*veho*，衍生出針對狀態不良車輛的外來字*vehikkel*；而拉丁文中意謂『道路』的*via*，當然亦屬同理。或者，就像是梵語中的動詞現在簡單式*vahati*，意謂著『他在運輸』——而這當然也和日耳曼語言中的單字*bevege*（移動）、*bevegelig*（移動的）和*bevegelse*（移動的名詞）有關。然而，這還包括源自古日耳曼語意謂移動、舉起、拖行的字根*wegan-*『拖曳』（veie）和『重量』（vekt）。」

史柯蘭多先生專注地盯著我。

「說得通，」我說。他這才放鬆下來；我可以從手腕上感到他鬆了一口氣。

我要說的，大致就是他剛才所說的；但外來語*vehikkel*（相當於英文的*vehicle*），我自己還真的沒想到。我坐在這裡、派勒在我的手臂上，而我依然想不起自己是否聽過或看過挪威語中的外來字*vehikkel*；總之派勒看過，我就只能把這當成新知識來吸收了。

他打斷我的思緒。

「你呢？」他問。「你又看到什麼？」

我望向道路的另一邊，目光掠過一塊肥沃的農田；過去，那想必是一塊充滿作物的良田，現在只見叢生的雜草。我說：

「我看見一塊無人耕作的田地（åker）。它源自古日耳曼語言中出自印歐語言字根*agro-*的單字*akra-*；同理可得出梵語的*ajra*、拉丁文的*ager*和希臘文的*agros*，乃至於外來語單詞*agronom*。也許印歐語言中的這個基本意義和人們『驅使』牲口的田地有關，因為印歐語言中的字根*ag-*意為驅使、推動，並構成北歐語言中意為『駕駛』的*aka*，例如瑞典語中意謂『駕駛』的*åka*及挪威語中意為『滑雪』或『滑冰』的*ake*——無論是搭乘雪橇或坐著滑都適用。手持鐵鎚的雷神托爾（Tor）正是因為駕著自己的戰車縱橫天際，才被稱為*aka-Tor*。從印歐語言中的同一個字根，我們還能推演出*agere*、*agent*、*aktiv*和*aksjon*等一連串來自拉丁文的外來語單詞，以及*demagog*（蠱惑民心的政客）：『駕馭』人民的人——還有*pedagog*（教師），『引導』兒童的人——等來自希臘語的外來字。」

我已不再望著路邊的農地；一如往常，我和派勒說話時，總會看著他。這幾乎是必然、不由自主的反應。我要求他簡短地回答：

「清楚嗎？」

「是的，聽來很清楚。」派勒近乎優雅地點點頭：

「耕田的動物被犁（åk）給固定住。和處於外來者的奴役（åk）是同一個字。我們在單字*økt*（……）中也發現了這樣的淵源，這也適用於形容一匹馬筋疲力竭的*øk*（……）。挪威語的『犁』（åk）源自泛北歐語中的*ok*，相對應的德文單字為*Joch*，英文單字為*yoke*；這些單字都源自於古日耳曼語的*juka-*，而它又是得自於印歐語言中的*yugo-*或意謂『連接』的字根*yeug-*，而後再衍申出源自梵語、本義為『連接』的*yoga*。」

現在，我可以打斷派勒了。我說：

「意謂『犁』（åk）的單字廣泛分布於整個印歐語區中；它存在於拉丁文、希臘文、一系列的凱爾特語言及波羅的海－斯拉夫語言中，存在於吐火羅與西臺文中。因此，它反應了古印歐民族生活與文化的一部分面向：他們是為了三餐溫飽每日勤奮、努力工作的農民。」

我感覺派勒絞著我的手腕；有那麼一、兩次，我還因此得了腱鞘炎。我多次想著，這種情況真該稱之為「派勒之手」。好在我不是用這樣的手寫字。

他揪緊我的肌肉，說道：

「它們必須『搬起』（løfte）——這個字和『空氣』（luft）與『閣樓』（loft）有關——以及『扛』（bære），而這個字源自日耳曼語系中意謂『扛起』和『生下』的*beran-*，如日耳曼語言中的*bør*（負荷）、*båre*（點火）、*byrd*（負擔）、*byrde*（包袱）、*barn*（兒童）、

barsel（生產）和 *bursdag*（生日）等單字。這一切都必須追溯到古印歐語言的字根 *Bher-*，例如印度語言中『印度』的國名 *Bharat*，或是開國君王婆羅多（Bharata）——這名字原義為『搬運者』。至少我們還從相同來源的拉丁文單字、意為『扛起』的 *ferre* 中得出一連串包括 *referere*（引述）、*differere*（差異）、*fertil*（肥沃）在內的外來字，諸如此類。」

終於，他再次放鬆下來……

就在我們坐著閒聊時，汽車和機車不時從我們面前的鄉間道路駛過。看到一個年紀已經老大不小的男子，坐著和一個傀儡戲偶密切交談，有些人鐵定會覺得很奇怪。但我必須時時無視這種觀感，因為我並不總是有談話對象。我們也並非坐在奧斯陸其中一座公園的長凳上；我們可是深入波羅的海一座小島上的農村地帶。且讓我打個淺顯易懂的比喻：許多人只要到了外地，都不會太介意裸泳。我和派勒坐在一條鄉間農道旁聊天，就像旭日東昇、明月西沉一般天經地義，我才懶得管別人怎麼想。讓我做自己，就讓我做自己。反正學生們看不到我；面對除了他們以外的大多數人，我沒什麼好害羞的。

「但是他們還有『馬』（hest），」我繼續說：「從這個年代比較晚近的單字，我亦可在北歐語系中回推到源自於印歐語系的單字 *jor*，例如 *Jorvik*，也就是『馬灣』。這就延伸出了英國城市名『約克』（York），甚至於『紐約』（New York）。此外，在北歐的文化氛圍下，我們也能在常見的人名如『喬斯坦』（Jostein，馬石）裡發現到同一個指涉馬的古老單字；『馬石』也許是用來使人能站上馬背的石塊。還有指涉與戰士的 *Joarr*。這裡的核心是古印歐語言中的單字 *ekwos*；我們可以在拉丁文的 *equus* 與希臘文的 *hippos*（例如 *hippo-drom*〔競技場」）觀察到這點。愛琴海方言中的 *ikkos*，甚至麥錫尼地區方言中的 *ikkwos*，還更清晰地反應了這點；在梵語中則是 *asva-* 。總而言之，古印歐民族是有馬匹的……」

我感覺到左下臂被絞動，派勒插話：

「……還有車。」

「什麼？」

「印歐民族有馬也有車。」

「我們已經提過這一點了。我們提過**道路**和**車輛**了。」

不過派勒不放棄。我整條下臂震動不止。他說：

「車與馬的起源，一個先決條件在於：一對輪子必須被固定在一根**輪軸**上。這和哥倫布豎雞蛋的道理是一樣的。古印歐民族鐵定知道這項科技，因為**輪軸**（aksel）也是個存在於印歐語區內絕大部分地區的單字。」

他是對的。挪威文的「軸」（aksel）係源自北歐語言中意謂「輪軸」的 *gxull*，和意謂人體部位肩膀（aksel）的 *gxl* 有關；它們都能回溯到日耳曼語言中的 *ahslo-* ，而印歐語系中可能的字根形是 *aks-* ，由此尚能衍申出梵語的 *aksa-* ，希臘文的 *akson* 和拉丁文的 *axis*，三者均意謂「輪軸」。和 *akse* 等單字的起源是一樣的。

不過，這時公車來了，我只能說到這裡；真希望它的輪軸夠穩，這樣才能順利**加速**（akselerere）！

我將派勒從左手臂上拉下，把他整齊地摺疊好，再塞回黑色背包裡。

他只要一離開我的手，就沒機會再抗議。有那麼幾次，我飛快地將他摘下來，讓他就是沒機會抗議。

但是，當他再次爬上我的手臂時，就變得非常不耐；我真的感覺到了這點。這所凸顯的是一種特殊的躁動不安。

在派勒被關在衣櫃最深處的那兩年間，這種狀態一再出現。幾乎每次芮都不在公寓時，我都把他帶到明亮處，和他「促膝長談」。只是這絕少發生，而他還得在她進門之前回到自己的藏身處。

我們同居的最後一段期間，她有時會毫無預警、提前好幾個小時回家。我討厭這樣，這讓人措手不及；幾個星期後，這種事發生得愈來愈頻繁。

我懷疑她已經對我和派勒展開某種跟監。我懷疑她每天正是從跟監派勒如何被放在衣櫃的抽屜裡（我說，精確度達到每公分），以確認當她不在家、無法監視我們時，他是否有到衣櫃外活動（也就是說，是否被使用過）。我想像著芮都是在動手翻我衣櫃抽屜、想隨便找出哪樣東西時，獨力發現了派勒的存在。

有天我從學校返家，她突然站在門口、手中揮舞著他；我的疑慮證實了。也許她早就在猜想，我和派勒之間存在著某種神祕的共生關係。就在我將他套上手臂並讓他侃侃而談之際，她看到了自己害怕的景象，因而不得不再度縮回自己的小房間。我太太最希望見到的莫過於：我將史柯蘭多先生扔進垃圾桶裡。

∴

回到旅館，我把黑色禮服換成較輕便、亮色的服裝，穿過橋梁密布的街道來到大賣場，再上行到那家名為「餐具室」的餐廳；當我在葬禮前一天抵達威斯比時，曾在那兒夜遊了一番。我走進一個生機盎然的庭園，除了一、兩棵尚未開花的果樹，杜鵑、歐丁香和法蘭西菊都已盛開。

天氣很熱，庭園中也許高達二十五度，但樹木和咖啡館的白色牆壁在一定程度上遮蔽了陽光。樹叢間一小道泉水的聲音也給人一種清涼感。

一個五、六歲的金髮小女孩發現了那一小道泉水。她呼喚著外公，喊道：「看！」

我試著想像自己是那位外公；這並沒有那麼困難。當他把手搭在小女孩頭上、輕撫著她的頭髮時，感覺幾乎就像身歷其境；過了許久，我仍能在手掌上感受到她那平順的秀髮。這感覺詭異又奇特，因為我從來沒輕撫過一個小女孩的頭髮。

我在咖啡館點了一片吐司附乳酪與火腿、綠沙拉與一杯紅酒，它們很快就能送到「庭園」最裡面的桌上；隔天早上我就會知道，那位為我送上酒菜的年輕女士名叫依妲。接下來那幾天，我便隨意和她聊了一下；她也許覺得和一個挪威人聊天很有趣，更奇特的是，這挪威人說得一口流利的瑞典語。她提到自己有位住在奧斯陸、也在咖啡廳上班的朋友。

我靜靜坐著，望著人群，望著所有瓶中與桶中的花朵，望著在庭園通道上啄食食物碎屑的麻雀、畫眉鳥，以及烏鴉；當咖啡館裡的客人逐漸厭倦了田園風光而再次回到城裡，牠們就撲向人們吃剩的東西。

我想起自己並不懷念那場我謝絕參加的追思會。一點也不。

郁娃・路德因快步走進庭園裡。她一手拿著一只茶杯，另一手則拉著一只有滾輪的紅色旅行箱。她身著黑色罩衫與黑色洋裝。這兩件衣飾相當搶眼、美麗，但我覺得這麼熱的天氣裡，這種穿搭很是怪異。紅與黑的確是很美麗的對比，而她想必也不排斥把自己打扮成旅行箱。陽光接觸到她的頸項，我大老遠就感覺到那只青玉色的珠飾。

她瞥見了我，猛然急停。在這裡狹路相逢，我們的訝異程度也許不相上下；但我手上可沒拿著裝熱飲的茶杯，還是占了明顯的優勢。我們上回見面，已是超過十年前的往事，而我在這段期間見過了她的多位家人，而她肯定聽說過關於我這個神祕、或許還有點可疑的無名氏先生的一些小報告。

她神色一亮。我將此解讀為重逢的喜悅，或至少是某種喜悅；我將自己桌邊那張空椅子讓給她。

她優雅、不慍不火地坐定，彷彿這是一場事先就定下的會議。此刻的她已經年近四十，歲月開始在她身上留下痕跡。

「你就一個人嗎？」她問。

我點點頭。

「妳呢？」

她雙手握住茶杯，俯身貼在杯前，也點了點頭。

我感覺到這段半口語、半肢體模仿的對話，對我倆而言都可能是模稜兩可的雙關語。

「餐具室」的屋頂上蹲坐著兩隻烏鴉，朝下望著我們，或說望著我餐盤裡的剩菜。郁娃指著牠們說道：

「牠們全都看到了。」

「妳是說，牠們看到了咖啡廳裡的所有客人？」

她搖搖頭：「那是福金和霧尼，現在牠們正居高臨下地瞧著我們。」

我露出微笑：「然後，牠們會向奧丁報告？」

她點點頭：「他曾向外公轉達——外公現在已經在瓦爾哈拉英靈殿裡了——他很快就會知道，我們在哥特蘭島相逢了。外公超愛哥特蘭的。他在這裡有家庭……」

我是在葬禮前一天來到島上，會在威斯比度過整個五旬節假期。郁娃已在此地待了快一星期，將在同一天下午回到奧斯陸。她已經啟程了。

此時，她剛離開威斯比的文化史博物館「遠古廳」；她在博物館裡研究有著十字暈、包括奧丁與八腿馬斯雷普尼爾[48]，或是日耳曼神話英雄齊格弗里德在內等神祕主題的圖像石碑。在過去這幾天，她沒事就泡在榆樹谷圖書館裡、研究著她所謂「哥特蘭語語法」（Gotlandica）。她在此發現了自己過去從未料想到會存在的書籍，其中一本更為她的研究工作帶入了新觀點；即使只是全書中的一小部分，她還是急於強調這點。

郁娃依循了外公的足跡。她已經是大學宗教史講師，並即將完成針對奧丁在神話和偶像崇拜中角色的博士研究。我問她，她是否因為我的緣故而起了這個念頭；她用深不可測的眼神打量我，彷彿直到現在才想到我問的問題。過了好幾秒鐘，她終於歪著頭說：也許吧？

這個星期五是我們的國慶；她大清早就開著租用的電動車到綿羊島，她的一位遠房堂兄在綿羊島上有夏季度假屋。回程途中，她進到過橋梁鎮教堂；而現在，她開始針對我剛離開的教堂發表高論。她對我數個小時前駐足、讚嘆過的那幅伊甸園壁畫，有些相當有趣的反思；當時，在整座教堂空間的最前方還有一具白色棺木，郁娃為何對此隻字未提呢？

我開始覺得自己像要昏過去了。她是在耍我嗎？

出席葬禮的來賓眾多，郁娃是否也可能到過葬禮會場，但卻刻意迴避我，並於我站在門口和其中幾名參加葬禮的賓客對話時，開著電動車到場而沒被我發現？或是一小時後，當我坐在藍色長凳上和派勒講話時，她就開著車行經農道、就從我面前駛過？那她怎麼不停車載我們一程？難道她也和芮都一樣，對傀儡戲偶心懷恐懼？

最主要的是，我曾和一對其實姓路德因的中老年夫婦交談過。他們是否也拒絕承認，自己和這位老教授有親戚關係？也許他們想起他們談話對象的身分了？不無可能的是：我的豐功偉業已經越過國界、來到位於東方的兄弟之邦，還傳遍了一座位於波羅的海的小島上。當

48 Sleipnir，北歐神話中主神奧丁的座騎。

我問起他們是否和艾瑞克．路德因有親戚關係時，他們望著彼此的眼神是如此怪異。

總之，郁娃來到綿羊島，拜訪父方的一位「遠房堂兄」。他的名字也許就叫做史文．伯提爾？

現在她就坐在我面前，像是在測試我是否知道她所說的、關於橋梁鎮教堂、伊甸園壁畫和原罪的內容。就我看來，她過分強調人類原罪與墮落中的性層面；也許她是刻意的，想讓我自亂陣腳、失去平衡。但我不為所動。我是說：我表現出不為所動的樣子。我想到她在東屋酒樓與會館裡，刻意讓我聽見的一些誇張說法。

我感到，明智之舉就是不要一直保持沉默；我得採取攻勢。對她提到橋梁鎮教堂兩、三次，我表現出驚嚇之意；因為我當天稍早其實就去過那間教堂、參加知名牧師與神學家史文—歐克．嘉德爾的葬禮。也許郁娃也認識他？無論如何……她是否曾在學術場合中，聽聞過那位開啟教會內戰的牧師？

她什麼都不說；她完全不動聲色。她只是注視著我的雙眼，目光如炬地盯著我，使我將眼神沉落到她鎖骨上窩處、那只青玉色的「奧丁之眼」。她也察覺到了。

我沒有選擇。我必須繼續；我只能繼續加油添醋下去。我被迫以一種強而有力的方式，說明我和史文—歐克在八〇年代斯德哥爾摩結識的整段故事。我心意已決；它在我們之間的桌面上戲耍起來。

∴

我開始陳述；而我也相信，我說的正好就是她想聽的：

我生命中的某段期間，和教會的關係少之又少；當時，我對大公主義理想相當熱切。不管怎麼說，包括基督教義、關於和解的教誨與末世論在內的基督信仰與教誨集都是如此地震懾人心，從現代眼光來看又是如此非理想；因此，要是所有基督教教派對聖經傳統的解讀完全一致，那就太悲慘了。多元性本來就是人類存在的第五元素，因此基督教在整整兩千年後充滿多元性，不是很自然的事嗎？我們是要將此做為拒絕想法與觀點交流、或是久久舉辦一次共同禮拜活動的理由嗎？

在以幾句這樣的評語開頭後，我迎視郁娃的目光，試圖捕捉她對我到目前為止所說內容的反應，就像一個需要客戶幽微的信號或回應，才能繼續說明的占卜師；或者應該這麼說：我需要這樣的信號，才不致於迷失方向，進而迷路。但郁娃毫無合作意願。她只是非常幽微地點了一下頭，並沒有回應我說過的內容，而只是示意想聽聽我還有什麼好說的。她看來既不狐疑也不排拒。就像我們說的：她「完全理解」。

一九八六年，也就是烏普薩拉那場盛大的教會年會後二十年，一場大公會議就在斯德哥爾摩郊區舉行；我繼續描述，當時我並非以教會代表或教派領袖、而是以獨立觀察員的身分參加會議。最主要的原因就是我在高中教了多年的宗教學，僅僅如此。除了我對位於東方的兄弟之邦自成年以來一直懷抱的熱愛以外，我也想多到鄰國走動，這些因素都使得這場會議變得更加誘人。我就這樣結識了來自哥特蘭島的牧師與知識分子，史文—歐克．嘉德爾；當我們相互問好、針對會議入場登記手續聊了一下，就建立了罕見的良好關係……

她俯身貼在茶杯前，繼續用雙手捧著茶杯；我們坐的地方鐵定超過三十度，她不可能覺得手指發冷。但她目光如炬地盯著我，我覺得她的表情友善，聽我描述彷彿使她心情愉悅。

她問道：「你說到的那場會議，是在哪裡舉辦的？」

「在斯德哥爾摩，」我回答。

她冷笑了一下嗎？她說：「是在斯德哥爾摩的**哪裡**？我很熟那座城市。」

我假裝想了一秒鐘，才做出回答。我說明：我想自己說過，是在斯德哥爾摩郊區。那是在西格圖那[49]、一座位於斯德哥爾摩與烏普薩拉之間的古城；更精確地說，它位於西格圖那峽灣北端、屬於梅蘭湖的一道支脈。

她的表情簡直是和藹、開心得不得了。可是，她有微笑嗎？也許有，也許沒有。她說：「那應該是在西格圖那學校吧，嗯？」

我想：她居然熟悉那個區域到**這種程度**。我說，其實那次會議也是在社區大學舉辦的。那場會議宛如一場盛大的慶典，活動延伸到整座小鎮，就連街道都用上了。正如妳所知，這座古城將近百年的歲月裡，宛如一座呈現瑞典大公主義與人文精神的小型首都。

她再度點頭；這回，她釋出的信號應該是確認了我對西格圖那特徵的描述，或至少意謂著：我可以再多談談，自己是如何認識這位開明派牧師的。對於她是否和那位牧師有某種形式的關係，還是她其實也是「剛好」參加了他的葬禮（她匆促地開始描述舉行葬禮的教會），我仍一無所知。她畢竟也穿著黑色喪服。

現在她放開了那只已空空如也的茶杯，站起身來。

「所以，你是怎麼認識這位來自哥特蘭島的牧師？你提過，你們有著罕見的良好關係。」

我心想：妳真想把這一切都聽完嗎？妳有時間嗎？

她看著我的模樣似乎證實了這一點：從現在起，她洗耳恭聽。

我和史文－歐克在會議結束後一同前往斯德哥爾摩市中心；事實證明，我倆在當天深夜才要各自趕上到奧斯陸與威斯比的飛機，眼下都沒有其他行程。我提到，我考慮由市政廳橋搭船前往瑞典皇后位於皇后島的宮殿。他覺得這個主意不錯，同意一起走，所以我們不久後就坐上那艘建造於上個世紀初的古老汽船「S/S 皇后島號」了。

在「路上」——我是指，船循著水道駛出的途中——我們下到幾乎就位於水面上的優雅餐廳，吃了頓我不得不形容為很「潮濕」的午餐。航程需時一個鐘頭，我倆在開胃菜時都點了兩杯白酒，主菜則點了一瓶紅酒，最後以咖啡和干邑白蘭地作結。

我已經知道史文－歐克對教會的教條形式抱持極為保留的態度；同時，這也是他致力於大公主義背後的一部分驅力。假如我們能夠遏阻一小部分的教會成規與教條，各個不同的教派就能比較輕易地針對他所認為的基督教核心價值達成共識：也就是耶穌關於利他主義與寬

---

49 Sigtuna，位於斯德哥爾摩以北約七十公里的小鎮，以刻意保存的中世紀街道與聖誕市集聞名。

恕的宣教、對人類生命與共同生活一貫的人道觀點，部分違背他當代那些法利賽人、文士及「道統人士」對主或多或少教條式描述的觀點。

在我們的第二杯白酒端上之前，他屈身貼向桌面，說道：「嘿，聽好了！在所有時代裡，人類的信仰生活都很閃耀。在世界上的任何地方、任何歷史世代，人類的生活導向無不圍繞著神祇、天使與魔鬼等大量的超自然存在，以及祖靈和自然界一系列泛神。所以，這一切也許只不過是人為炒作出來的。我指的是一**切**——所有這類的想像。你了解嗎？」

要是我懂就好了！牧師的意圖，我完全可以理解。這與我小時候所懷抱的憧憬與信仰已沒有多大的關係。那段時期，我參與教會活動主要是出自於交際、應酬的考量，而非本著某種信仰。而現在，我對世人感到喜樂，喜歡喝上一杯教會供應的咖啡，或參加教會學院所主辦的專題會議。現在，我和瑞典教會的一位核心人物坐在一起，覺得與有榮焉。

我一邊描述，一邊持續望著郁娃，以確認她有在聽。她已不再點頭；她像是被施了魔法那樣定住了。我所描述的某些細節，想必撼動了她內心的最深處。我心想：想想這件事！我在跟一個本科出身、貨真價實，同時還是傳奇教授路德因的孫女的宗教史學家談話——光是這個念頭就令我愉悅不已。不過，她深受我坐著、侃侃而談的方式打動，這對我們而言就是一項契機——儘管我謊話連篇。

然而我繼續描述：我向牧師吐露，我就是脫離所有這種超自然信仰表現形式的其中一員，但我當然同樣保有稱自己是基督徒的權利。

這時，我的朋友舉起白酒酒杯。「聽啊，我親愛的兄弟！」他喊道。「也許，問題最終可以歸結到：以合乎基督徒的方式生活，而不像你所提到、宣誓承認對啟示錄的信仰的可能性是否存在。我指的是對燃燒的灌木叢、紅海大開、耶穌復活到基督升天信仰在內的一切。總之，我們兩人就是活生生的證據。我們也許人數不多，不過誰知道呢？又有誰知道，教會裡有多少人就是缺乏為自己異端信仰出走的勇氣，甚至於經濟獨立的能力。」

而就在短短幾年後，嘉德爾便在廣播電台的訪談中發出驚天名言：「假如基督沒有復活，我仍舊是耶穌基督的牧師。」我說：我本可以制止他的；我本能夠事先警告他的。但我並沒有那麼做。

那艘歷史悠久的汽船停靠在皇后島宮殿前。我們仍從容不迫地在隸屬於皇后宮的諸多庭園間徜徉，更深入、廣泛地探討一系列問題，並在兩小時後回到「S/S皇后島號」上。那時我們已經累到可以直接睡在甲板上了，但我們用一瓶夏布利葡萄酒拯救了往斯德哥爾摩的回程。我們以接近聖餐禮的隆重程度，如親兄弟般乾了那瓶酒；那瓶冰冷的酒讓我們再次清醒過來。

我們從市政廳橋一同前往阿蘭達機場；這一天，直到史文—歐克前往國內班機航廈、我趕赴國際線班機航站，我們才分道揚鑣。

∴

「三、二、一。好了，故事結束。」郁娃說著，臉上露出偌大的笑容。我倒是能夠理解那溫暖、真誠的笑容，但我無法確定自己該如何解讀這句評語。

她看了看時間，說聲抱歉、要我幫她看照一下行李箱，便迅速地走過爐灶，鑽進咖啡廳裡。她幾乎是馬上就回來了，比一般去洗手間所需的時間還要短得多。我知道，對許多女人而言，照照鏡子、補個妝，和上廁所的需求本是同樣強烈。也許她知道咖啡廳的置衣間就有個梳妝鏡；但她再次坐定時，並沒有多塗口紅，也沒多抹睫毛膏，髮型也和之前一模一樣。

這類補妝很能讓我納悶不已；但沒過幾秒鐘，依妲就從咖啡廳裡走出來、將一瓶新鮮的夏布利葡萄酒和兩只有基座的高腳酒杯放在我們之間的桌上。她開了酒瓶，讓我嚐嚐那支酒；我讚賞地點點頭。但我對這節外生枝的小插曲感到很驚訝。我可還記得她外公追思會上那一杯杯的阿夸維特，當時的我就和現在一樣驚訝。

郁娃舉起酒杯，同時凝視我的雙眼。

「乾杯！」她說，接著我們一飲而盡。

我想著，如果她真瞧不起我，就不會叫這瓶白酒、還這麼開心地乾上一杯了。

現在她正式提出幾個和考據學相關的問題，其中一個和對當地環境的知識高度相關：我們為什麼要開進斯德哥爾摩？我們都已經在西格圖那了，怎麼不就近搭船遊梅蘭湖、再前往機場？機場離西格圖那其實只有一小段路呀？

要搪塞、敷衍掉這個問題很容易，不過她倒是很坦誠地提到一件使她流露情感的事。那場在西格圖那舉行的大公會議規模是如此浩大、甚至動用了整座城市；就學術層面，從未聽聞過這場會議使她幾乎有點憂慮。她告訴我，她非常擔心自己的記憶力開始退化了。最近，她已經多次忘東忘西。她說：「我一**定**有聽說過那場會議。」她兩手一攤：「可是，我真的不記得！」

她真虛偽。我覺得她壓根就不相信我的敘述。在她外公或嬸嬸的追思會上，她同樣不相信我。我能夠取信於任何人——除了「某人」以外。同理，我對她眼神的詮釋也是如此；這一次，她同樣喜歡聽我敘述。或許這就是原因：她特別喜歡聽我扯謊——而這或許不足為奇——她不就是神話學家嗎？

直到我們分道揚鑣之前，我依然不知道她那天是否參加了在橋梁鎮教堂所舉行的葬禮，也不知道她在離開綿羊島的回程中，是否曾經過坐在藍色長凳上、整整等了一小時公車的我和派勒面前。

因此，在這個時間點上談到那次在艾瑞克．路德因辦公室的茶敘，也變得格外有趣。那次，老教授和我這個年輕得學生坐著討論《巫婆的預言》中最後一句經文：「現在，她將要沉沒」（*nu mun hon søkkvaz*）。

郁娃微笑著；她完完全全不相信我說的話，並用這樣的笑來誇獎我鬼扯、說謊的能力。她知道我是個白癡，才對我露出微笑。這簡直是一種享受；因為我剛說過的故事的真實性，和以前說過的那些完全相同。

我也笑了。我不能毀掉試圖取信於郁娃、我這次說實話所帶來的好心情。無論如何，我說的話都不會被賦予任何可信度。要是我真辦到了，那我們坐在庭園裡、笑得如此開懷，又是為了什麼呢？

幾杯白酒下肚後，我想試著逼出一個問題的答案。

我先提到那場在東屋會館舉行的追思儀式、藉此引入這個主題。我提到關於眾神的詩篇《史基米爾之歌》，導入關於性的話題。然而，她竟假裝不知道我在說什麼，而她假裝的方式還使我了解到，她就是在假裝——這就是諷刺中的諷刺了。此時，我就做了派勒想必也會做的事：用一個直截了當的問題撂倒她。

「最近，你有沒有強烈的性高潮啊？」我問。我毫不退避、直視她的雙眼，並補充道：「我是說，在宇宙的層次上？」

她呆坐了好幾秒，只是望著我。我想，她被我在這一天結束前突然表現出的膽大妄為給嚇到了；不過，她還是能夠把持住自己。

她臉上飄過一朵烏雲。她說：「你覺得呢？你覺得我在親愛的亞德蓮嬸嬸的追思儀式上講這種話，是為了什麼？」

我？

她見我沒答腔，就說：「你鐵定是以為，這一切都和你有關……」

「呸！」她噴了一口氣：「那場追思會上，就屬你最老不死、最無恥。我試著對你視若無睹，卻完全沒辦法。還是，你保留了那些計程車資的收據？」

我笑了；很快地，我倆都微笑了。

我們喝光了那瓶酒；之後，郁娃表示自己得趕搭飛往阿蘭達機場的班機了。她起身時俯身抱了我一下。那種感覺真好。她說：「能再遇見你真有趣，雅各——尤其是在你和圖勒的表妹相談甚歡以後。」

亞格奈絲，她還真這麼說了。下一秒，她就拖著那只帶滾輪的行李箱，離開了那座頗富鄉間氣息的庭園。

總之，她是從某個家庭成員口中聽來這些的。關於那令人驚嘆、在歐蘭德峽谷所進行的徒步健行之旅，她一定全聽說了。

據我所知，她還聽說過派勒。這教我震驚不已。

我靜坐著，睜大了雙眼。

郁娃（Yiva），或說**母狼**（ulvinne），還真是個合適的名字，我如是想道。這個字源自北歐語言的*ulfr*，而它又能上溯回日耳曼語系裡的*wulfa-*，反映在德文和英文裡都是*wolf*（狼）。這一切的根源在印歐語言中的*wlkwo-*，在俄語為*volk*，梵語為*vrka-s*，希臘文為*lukos*，拉丁文則為*lupus*。

現在我幾乎就像派勒那樣，陷入空轉狀態。我停不下來：推著一個**紅色**（rød）的行李箱，源自於日耳曼語系裡的*rauda-*，反映在德文是*rot*，在英文則是*red*，其最初源自印歐語系中的*reudh-*，反映在俄語為*rudyi*，在梵語為*rudhira-*，在希臘文為*erutlros*，在拉丁文則為*ruber*，因而有了外來語單字*rubin*（紅寶石）……

當然囉！斯威爾其中一隻耳朵上的寶石，當然就是顆紅寶石！我第一次見到它，已經是數十年前的事了。

看到沒！我解決了一個謎團。事情開始變得井然有序起來。

還是說，它們從彼此間抽離出來了？

二〇一三年七月，於羅浮敦

小姜

我從威斯比回到家之後，再幾個星期，這個學期就要結束了。

我決定在假期的前幾天好好檢查一下所寫的內容。在那之後我才會決定，自己是否膽敢把這些內容寄給妳。至於妳想不想讀、甚至於願不願意再次見到我，那就看妳的決定了。

從許多方面來看，我都是可受責難的；但是，至少我勇於承認。我知道自己的個性有點怪，算是個怪人，有些人會形容我是怪物。妳沒有把我從葛瑞絲．西希莉的追思會上掃地出門——至少說，沒讓我走——已超出我能理解的範圍。而即使妳的機票錢一毛都不能退、妳比搭機預定的返家時間遲了好幾個小時，妳仍選擇和我一路從艾蘭道爾回家。

隨著史文—歐克．嘉德爾的葬禮，我的敘事也走到了盡頭。我始終嚴格遵循挑出我在此描述葬禮的條件：這精選出的少部分葬禮，全都有艾瑞克．路德因的後人出現。在艾蘭道爾舉行的安德雷葬禮或許算個例外，但妳當時在場。從這一層來看，郁娃當天是否在橋梁鎮教堂出現過，並不具實質意義；不管怎樣，我是稍後在那頗富田園氣息的庭院裡見到她，並致上自己對史文—歐克的追悼語。在送葬群眾中，我甚至還與那對姓路德因的夫婦交談過。我也許永遠不想知道：自己敘事中的脈絡與主線有多麼鬆散。

我對自己參加過的其他葬禮、包括今春到為姆蘭省孫尼鎮及博戶斯省山坡鎮在內的那一、兩次前往東方兄弟之邦的探險，可都隻字未提。妳在這裡所讀到的故事，都像是一場樂透彩抽獎中那些露臉的贏家。

我的故事已告一段落。身著黑衣的郁娃・路德因拖著紅色行旅箱離開「餐具室」的庭園，我覺得這一幕真可視為我小巧家族編年史理想的完結篇。做為一部電影的最後一幕，這樣的情景再合適不過了。我幾乎可以看到眼前的字幕、聽見那深情的影片配樂。全劇的最後一景，可以將我擺進去：靜坐的我，唯有黑色烏鴉與一只空空如也的白酒酒瓶相伴。不過，這就交給導演去煩心吧。

然而，有件事情使我的敘事出現轉折。

暑假一開始，我就看到一篇訃聞：小姜，我最失魂落魄、潦倒窮愁時的朋友，現已過世。我伏在餐桌前，全身僵硬。我的意思是：他已經活了這麼久，以致於他還活著的這件事比他不在人世的消息更使我震驚。我們當中有許多人相信，他幾十年前就已經蒙主寵召了。他最近一次顯露出生命跡象，已是七〇年代的事情。

在我看來，生命中那個階段的一切仍如此鮮明、生動。我腦中浮現關於斯威爾和瑪莉安娜的形象，是屬於那如鮮花綻放的青年男女，而非中老年人的現狀。

那個時代我們從不以姓氏相稱：瑪莉安娜就是瑪莉安娜，我沒想料到她會是名教授之女；斯威爾就只是來自挪威南部的斯威爾，而我們除了「小姜」，從不會以別的方式稱呼現已作古的姜那斯．史柯洛瓦。那時候，我本人自稱派勒。而正如我提到過的：在小姜唯一一次見到派勒的場合上，他輕鬆地和派勒閒聊時，派勒竟自稱是雅各——他完全知道我冒用了他的名諱。

訃聞上提到，姜那斯．「小姜」．史柯洛瓦在與病魔纏鬥一段時間後長眠不起；出生年分和其他措辭都明確指出，與世長辭的就是我們的傳奇人物小姜。

我決定去羅浮敦出席這場葬禮。我是在《晚報》上讀到這則訃聞的；總之，他的遺族或許是優先考量到他在六、七〇年代的所有朋友，也花錢在首都的大報上刊登訃聞。我想，要是瑪莉安娜和斯威爾也出席，其實也不足為奇。這只會讓事情從本質上變得更難搞；或者，他們該不會各自讀到了這則訃聞、卻不向對方提起？

此時，我猛然想起一點：萬一他們出席了小姜的葬禮，千萬別把郁娃給帶來。當然不會把郁娃帶來。她從沒見過小姜。她跟他根本一點關係也沒有。可是，我怎麼會在這時想到這個？這想法並不完整。有時，你的心智會被殘缺不全的思緒攪動，一個片段的想法沒能完全成型。

再次遇見瑪莉安娜和斯威爾的可能很令人心煩、不安。要是他們沒發現我就是派勒——這點我不可能**完全**確定——他們一在小姜的靈柩前見到我，就會認出我來。我在當時的環境下就自稱派勒，而且一路走來始終如一。另外他們也將體會到，我出席葬禮可不只是出於玩票性質。我可以想見自己在路德因家族眼中的觀感，將有望得到改善。這個想法也很誘人。

因此我坐在一間新的旅館客房內，振筆疾書著。我在清晨搭機飛往博德，再轉搭快艇抵達斯沃爾維爾；抵達時間是昨晚九點。

我會描述小姜的葬禮，但是，且讓我先插上一小段題外話。妳曾要我盡可能地如實描述，因此，我必須三不五時使用這種括弧，插入題外話。

我並不喜歡坐飛機；也許，這就是我在賈德蒙恩機場起飛前喝了兩杯白酒的原因。機上，我臨座是一位三十來歲——或者該說，介於三十到四十歲之間——的女士。在整段航程間，除了點頭、照慣例的「你／妳好」，幾句關於我們座位上方手提行李箱和拿報紙時需移動位置的簡短交談外，我們完全不和對方說話。此外，我在幾杯白酒下肚後就處在一種酒酣耳熱的半昏睡狀態，眼睛大半時間是緊閉的。

我坐在她左手邊靠窗的座位；我們繫上安全帶時，她碰了我的下臂一下。我倆上半身都穿著短袖；在此刻席捲全國各地的熱浪中，我只穿了一件黑色T恤，她則穿一件碎花洋裝，頸子下方好幾顆鈕釦還是解開的。說得更明白些，那短暫的肌膚之親，就像一束強光貫穿了我的全身。前往博德的整趟旅途中，我多麼希望這種無與倫比的愛撫能夠再來一次。鐵定是因為那兩杯白酒，我的心智變得如此亢奮，甚至想著：這位年輕女士的肢體接觸或許是有意的，而不僅僅是純粹的揮動手臂而已。我完全確定，她貼近我的時間長達三或四秒；她並沒像觸電一樣緊張起來、匆忙抽回手臂，而是在短暫、但非常明確的片刻後緩慢、從容地縮回手臂，讓我渴望有更多接觸。當然了，我假裝熟睡，沒有抬頭看她。

我可不是想把無意間的親近解讀為情慾挑逗，這絕非我的本意。我對此也完全沒有想入非非。不是的；我靜靜地坐了一個多鐘頭，等她再度出於人性的溫情與某種形式、充滿專注的關懷，愛撫我這個中老年男子。因為，如果這世界上充滿這麼多仇恨與罪惡，那麼也必然存在著相當充分的友善。這位年輕女士操著清楚、分明的北挪威口音，我心想，挪威北部人在與人的接觸、交流上，比其他大多數挪威人來得溫和。我們這些來自挪威其他地區的人，也是出了名的冷漠、拘謹。不管怎樣，清晨時分，我特別容易受到酒精影響；也許這就是我靜坐著、保持熱度、希望她再度將手搭在我胳臂上的原因。說不定，她這回會將手搭在我胳臂上整整一分鐘呢。

我並不完全知道自己為什麼會提到這件事，但我認為它和我的敘事是相關、相符的。當我想起這件事，考量到肢體接觸，我可沒有那麼放肆；即使我觀察周遭環境、發現師生之間這類肢體接觸稀鬆平常，我也從不碰觸學生的身體，而學生也不會碰觸我。

那段和芮都的短暫婚姻，到了最後階段，也是沒有肢體接觸的。因為我們沒有其他床，只能繼續一同睡在那張寬大的雙人床上，背對彼此、伸展身軀；除了偶而在睡夢中伸出、又因不想吵醒對方而小心翼翼抽回的一條手臂外，我們彼此間毫無接觸。

我坐在斯沃爾維爾的旅館客房裡，完成我的敘事。總而言之，瑪莉安娜和斯威爾也來羅浮敦群島了。假如沒有任何路德因家族的成員出席，這場「最後一役」就不符合篩選標準，也不會被選入這篇給妳的文本裡了。

那是二〇一三年七月一日，我才剛從在沃根教堂（也被稱為「羅浮敦大教堂」）為小姜舉行的葬禮回來。這綽號絕非浪得虛名：這座有著百年以上歷史與一千兩百個座位的木造十字教堂，可是全國最大的教堂之一。每年一月到四月的傳統鱈魚季，眾多漁民集合在一起做禮拜，需要一座大教堂，這裡就變得水洩不通、人滿為患。

即使到了如此高緯度的北部地區，天氣還是熱得要命。這間旅館客房（其實是一整間套房）包括了一個寬大、能望見西方與北方群山並將大廣場動態盡收眼底的露天看臺。但露臺上實在太熱了，光線強到讓我看不見電腦螢幕，我沒法坐在那裡寫作。

∴

一九六七年夏天，也就是那個所謂的「愛之夏」，小姜雖然年僅十七，卻已是首都逐漸綻放光芒的嬉皮運動氛圍的中心點。我在短短幾年後遇見他時，他成為嬉皮運動裡如神般被傳誦的人物、被當成偶像般膜拜。我來自離哈特．奧斯貝里區[50]非常遙遠的歐爾鎮，但我也搞來了幾件色調鮮豔、亮麗的裝束，在尼斯山以嬉皮身分初次登場。

當然，我在這裡也感覺自己像個局外人，但情況並不比在哈林達爾的老家嚴重；我在那裡最主要並不是個外人，而是形同棄兒。在皇宮公園，我感覺自己是團體的一分子。

這是我第一次體驗到正面的歸屬感。小姜對我的成長歷程及缺乏家庭生活一無所知，而他也從來不過問這種事情；不過要是他知道，鐵定會將此視為一項利多。皇宮公園裡的許多人都沒和父母親住在家裡，很多人與家人決裂、離家出走。我對小姜的來歷也是一無所知，只聽得出他的北挪威方言口音。

就算嬉皮運動在許多方面都很包容，還是適用某些守則和規矩的。假如你不認識小姜、或根本沒聽說過他，鐵定會寸步難行。因此，我很早就為自己弄到一次儀式性的、和他的「座談」——我的意思是，我得採蓮花座坐姿、像聖餐禮一般和他共抽一根小煙管。毫無疑問，那是我在身處嬉皮環境那短短幾個月中，挽回自己顏面的一種努力。

從許多方面來看，身處七〇年代初期的皇宮公園，宛如置身一個大家庭中。一如其他形式的姓氏，歸屬感是全面的；它也提供我當時最需要的連結感。你必須習慣許多蠢話。皇宮公園裡沒有任何審查制度或任何形式的獨裁專制，各種想法和意見紛紛出籠。要不是因為我們大半時間都露天而坐，我簡直要說我們的意見可以上達天聽。要保持特定形式的成規，也就更加困難得多。我們不會否定煙管或大麻。

往後我開始研讀挪威語、並在魔王[51]廳研究《培爾・金特》時，自然而然會想起妖精

---

50 Haight-Ashbury，美國舊金山城區，嬉皮運動的發源地。

51 Dovregubben，易卜生所著《培爾・金特》中的魔幻角色。

山。單是皇宮公園最下方那座隆起小山丘的名稱，就是充滿諷刺的映襯。最主要的差別在於魔王廳及其魔法都是虛構的，而且簡直是幻覺；而妖精山和它所有的小嬉皮們，都存在於現實的感官世界中。

在我脫離嬉皮運動後的多年，我曾望著尼斯山、心裡想著——就和培爾．金特一樣——我任由自己被妖術迷惑，其實也成了其中一個妖精。隨著時間流逝，我認為嬉皮們就是心胸狹窄。他們就只是再度坐在草坪上，而且，真正困難的問題出現了。

瑪莉安娜．路德因以小姜女朋友的身分被引薦到這個圈子裡。一九六七年暮夏她就和他在一起了；那時，她也年僅十七。他們身穿寬鬆、充滿頹廢色彩的衣飾，逐漸成為整個奧斯陸的「夏季之愛」；有那麼一、兩次，他們的照片還被印在報紙和其他印刷品上，作為挪威嬉皮運動的象徵。

我們就像個大家庭，大家都是彼此的朋友，你不該有任何「死黨」。至少在我的時代，我從沒聽過有人用這個詞。但是除了瑪莉安娜，小姜有一個（而且只有一個）密友，兩人幾乎形影不離。他就是斯威爾。

斯威爾和小姜都是翹家者；斯威爾來自挪威南部鄉間，小姜來自羅浮敦。他們在同一天抵達首都，直接在奧斯陸東站遇上，從第一天起就成為我們今日所謂的死黨。短短幾星期後，小姜邂逅了瑪莉安娜，兩人一拍即合。我始終不知道他們是在城裡哪個區域碰上的。某天，小姜忽然就把她帶進公園，離他在城裡某個角落將她接來，或許只隔了幾個鐘頭；在這個我們所討論的時代，這並非什麼離奇、不可理喻的事。但他與斯威爾的友誼一如往常。現在，他們三個人混在一起。斯威爾、瑪莉安娜和小姜就像是一朵三瓣花，簡直是神聖的三位一體。四年後，我從哈林達爾的歐爾鎮來到奧斯陸大學辦理入學手續；我當時認識他們的情況就是如此。

我成為這圈子的一分子後，短短幾個月，瑪莉安娜就轉投斯威爾的懷抱。這種漫無目的的移情別戀並非罕見，這樣的行徑也不受任何意識形態所束縛（我得說，情況正好相反）。但是，瑪莉安娜從未回到小姜身邊。從那時起，他就成了一匹孤狼，嬉皮界的大主教再也不是這項運動的一分子。含苞待放青少年稚嫩的心智，和嫉妒、仇恨與感情傷痛是不相符的。到了這時候，我也成了叛逃者；因為瑪莉安娜和斯威爾的熱戀愈發深入，而且維持很久。

在小姜剛和瑪莉安娜分手時，我單獨見過他幾次。他也開始駐足於賓德校區，但我不認為他有拿到學位證書。他只是以自由學生的身分在這個圈子裡遊走，形同在各個學院晃蕩的浪人。有一次，他給了我一本破破爛爛、由葛吉夫[52]所寫的《遇見非凡人物》。另外一次，他給我的是J．D．薩林格的《麥田捕手》。

小姜只到過我位於克林斯亞爾的學生宿舍一次。我們怎麼會去那裡、或我是在什麼場合下帶他去的，我實在想不起來。他就在那裡也見到了派勒。這我可沒忘。

52 George Ivanovich Gurdjeff, 1866-1949，俄國哲學家、神秘主義者及作家。

我們進入我的租間時，我感到自己左手臂有點癢，派勒也很想和他打招呼。我將他從窗檯前接下來，以一個非常熟悉的動作將他壓在臂下，而派勒也一如往常、有樣學樣。然而，因為我在這個圈子裡已經占了派勒的名字，他便自稱雅各。他說：

「雅各在此。你呢？」

派勒似乎在這時就已經順利地跟小姜心有靈犀一點通。或許是他也和我一樣，感受到一致的孤獨；事後，我曾思考過這點。總之，他從一開始就進入狀況了。我覺得他們聊了一個小時以上，這正是我認為足夠的談話量；不過他倆竟欲罷不能。我覺得他們至少可以讓我加入對話，但無論是小姜還是派勒都不這麼想。他們談得不可開交，我則開始為他們的多話感到惱怒。我覺得：說真的，這有點太過分了。

小姜來拜訪我的租屋處，對我而言非同小可；此外，我們也準備將一整瓶瑞典蒸餾酒一飲而盡，派勒必須離場、失去所有關注。在不到一秒鐘的時間，我將他扯下手臂；從那時起，他就像顆牡蠣一樣安分。小姜對此也感到樂不可支。幸好，他沒要求我再度將派勒放到手臂上。我們開始喝起瑞典蒸餾酒。

這可能是我最後一次見到他，但我並不確定。

瑪莉安娜、斯威爾最後一次見到小姜，是在奧斯陸一場備受談論的閏年嘉年華上；確切的日期是一九七六年二月二十九日，地點則是位於賀美科倫高地最頂部、霍爾姆博士路上一座偌大的別墅。更精確地說，這是最後一次**有人**見到這位嬉皮界傳奇人物——三十七年後，我在他的葬禮上得知，他往後的所有歲月都在羅浮敦群島區一個小漁村裡，過著漁夫和萬事通的生活。

我本人則沒出席那場嘉年華會。簡單地說，我就是沒被邀請。但我還是持續和這圈子裡的幾個人見面，並聽說了關於實際事發過程的數則詳細描述——以及一小撮零散的謠傳與臆測。

小姜身穿有銀色鈕釦的海軍藍運動夾克與熨平的白色棉質長褲，抵達嘉年華會的會場。我了解：他打扮成派勒。事隔多日，我聽到他的衣著裝扮，感到受寵若驚的同時卻又覺得心痛，因為我本人並不在場。我心想：當小姜打扮成派勒、在那裡出現時，他一定認為我也會在場。我們都已離開了嬉皮運動圈，但在高地上所舉行的這些派對卻比皇宮公園裡那些露天集會還要開放，這實在很弔詭。在這段時期，嬉皮派對與純社民黨派對之間的界線開始消弭。

當時小姜和斯威爾已不再同台亮相。根據圈子裡的不成文規定，這兩人中的一人要是出席了某場合，另一人就不能、也不會出現。斯威爾全天二十四小時緊盯瑪莉安娜，而她也不再和舊情人見面。

然而，小姜成了嘉年華會上的不速之客，他簡直是強行闖入會場。人們都說：他有事要辦。

嘉年華會是一場極度縱慾的派對，整座大型建築物包括各間臥室在內、五百平方公尺的面積全都用上了。主辦人是十九歲的茱莉亞，她的雙親當時人在佛羅里達度假，她才得以獨占整棟別墅。

小姜有一種充滿魅力——簡直稱得上是磁性般的個性。你總會知道他人在派對的哪個地方。這回，人們卻一度問起他人呢——大家仍不確定，他和斯威爾是否能和睦相處——而事實指出，過去那一、兩個小時裡沒人見到他。所以大家開始找他；最後是斯威爾發現自己的死對頭就躺在那座偌大的圖書室裡，一張桃花心木大書桌底下。要查看他的情況並不容易：因為他的頭和肩膀被瑪莉安娜的紅圍巾掩住了。

現場情勢緊張起來：他被灌了什麼？瑪莉安娜在哪裡？斯威爾抓住小姜，但隨即發現書桌下有的只是那件運動夾克和長褲，那些衣服裡全塞著破布和玩具；事後人們發現，它們是從地下室裡的洗衣間取來的。

入夜後好一段時間，瑪莉安娜才重新出現在派對上。她並不是睡在其中一間寢室的唯一一人；當她終於下樓時，雙眼眼皮仍睜不開，像是被膠黏住似的。

那麼，她的情況如何？她發生了什麼事？她的雙頰滾燙，幾乎完全沒睡。

關於小姜在賀美科倫高地嘉年華會期間、以及會後發生了什麼事，可謂眾說紛云。他經常能從人群中消失不見。這次的失蹤記，堪稱是獨門藝術：他跑去哪裡了？難道他只穿著內衣褲就溜了出去？難道他在冬夜裡跑到戶外，一心尋死？春臨大地、積雪融化之際，他是否會從北領地[53]被挖出來？還是他將嘉年華會戲服塞滿破布、將它們塞到書桌下，再換穿另一套完全不同的戲服？他來到派對時兩手空空；不過，也許他在其中一個衣櫥裡找到了另一組戲服？傍晚時分，有好幾個人曾在幾秒鐘內看到一名身穿軍服的賓客；更確切地說，那是陸軍士兵制服。這位身分不明人士突然間就消失了，事後也沒人自首，表明自己穿過那套戲服。

在接下來的那幾天、那幾週——小姜究竟發生什麼事了？他逃離這個國家了嗎？他現在住在哪裡？澳洲還是阿根廷？——謠言四起。不能排除有人要了他的命，但誰有動機呢？

清晨破曉時分，警方抵達別墅；沒有人說到底是誰報了警。總之，不是茱莉亞。由於她未成年，警方不得不把這在閏年之夜進行、極盡淫慾之能事的派對通知她的父母。那座富麗堂皇的別墅，室內擺設可謂面目全非了。

隔天一整天，刑案鑑定專家徹底清查了洗衣間；然而他們也沒找到小姜。警方最後做出的結論是小姜存心逃脫；小姜選擇以這種方式退場，也絕非偶然。

在這件事之後，小姜就和外界完全斷絕了音訊；隨著時間流逝，城裡的人都說他已不在人世。結果，整整三十七年後，這則訃聞才在《晚報》上刊出。我正將咖啡灌進喉嚨。

小姜在閏年嘉年華會後就回到羅浮敦，在往後的餘生裡當起漁夫，以及各種行業都沾上一點邊的萬事通。他已經了卻在首都想做的一切。葬禮上我還得知：他在史柯洛瓦島的老家

53 Nordmarka，泛稱奧斯陸北郊廣大的森林地帶。

一概以自己受洗時的真名——姜那斯——自稱。

這底下所隱藏的，是深不見底、失戀的椎心之痛。

那一年，瑪莉安娜懷孕了；我在完全和嬉皮圈裡的老友們斷絕往來前得知了這個消息。當時我正成為學術界的新星。在那個時間點上，我完全沒料想到她懷了個女孩。但當我閱讀那則訃聞時，我才驚覺：那次，瑪莉安娜原來懷了個女孩。有時，人生就像一道迴圈，被淡忘、遺失的脈絡，可能在數十年後再度被牽上生命之網。

後來，瑪莉安娜和斯威爾再也沒能生育更多子女。

∴

我從斯沃爾維爾走了五公里來到羅浮敦大教堂。那是一段沿著歐洲路、將自行車道和步道合起來的小徑。我大可叫計程車，卻需要就小姜在我人生中代表的簡短時期，讓自己冷靜下來。天氣很熱，但大清早不致於熱到使人難受；而且戶外豔陽高照。

是否會遇上瑪莉安娜和斯威爾讓我非常緊張。無論是前一天晚上還是當天上午，我在斯沃爾維爾都沒看到他們。不過他們可能在當天由奧斯陸搭機、取道博德，進入斯沃爾維爾。我試著瞄向行經的車輛內部，但它們在直線車道上開得好快，根本不可能看清楚車裡都坐著什麼人。

我翻越一座小山嶺，看見另一名孤獨、與我同樣身著黑色禮服的男子，大約在我前方五百公尺處。稍後我回頭一瞧，發現後方也有另一名身著黑衣的男子。這表示我始終在我後方那名男子的視線範圍內；假如我前方那名男子回頭一望，他也會發現我在他背後走著。

我並不知道為什麼：但身為介於山與海之間、歐洲路上三名身穿黑衣、前往羅浮敦大教堂參加小姜葬禮的男子之一，卻使我突然感到一陣深沉的哀傷。以前，我也曾多次感到憂鬱，但此時此刻——像是一隊如詩如畫般行列的一部分，一幅鐵定可以被描繪在馬格利特[54]畫布上的場景——讓我陷入某種深不見底的絕望，深得讓我擔心自己會崩潰。

我心想：我知道，我快要離開了。我已經在路上了。我將會告別這個世界、告別這個時代、告別宇宙。

一個人要是過著文明生活，在一天當中會攬鏡自照多次；即使你一星期、甚至一個月才看到自己的臉一次，你常無法察覺，那張臉已經有所改變。然而有那麼幾次，我經過一面鏡子，就是因為這驚鴻一瞥，我才發現自己已年過六十。

使我心中為之一驚的是：我愈接近最終的訣別，人性價值是一項奇蹟的事實，也就更加明顯。

很弔詭的是：也許正因為我是要去教堂，才感到對宗教、或某種我可以倚靠事物的強烈思念。

我感覺到了歸屬。我感覺到，自己並未迷失。

---

54 René Magritte, 1898-1967，比利時超現實主義畫家。

就在鐘聲響起之際，我進入羅浮敦大教堂，離葬禮開始只剩幾分鐘。裡面已經坐了許多人，但因為教堂很大，從致詞者座椅之下的所有人，都被分配到中央通道左半邊的座位。祭壇前方的平臺上，擺放著一具以藍、黃色花朵綴飾的白色棺木。

我注意到斯威爾和瑪莉安娜坐在其中一排長凳的最右邊。這已不是我頭一次在葬禮上看到他倆親密地並肩而坐。

可憐的小姜，我心想。我們大家真可憐。

我經過瑪莉安娜和斯威爾；他們看到我時，便起身依次擁抱我。「派勒，」他們只說：「派勒。」我很確切地感覺到，他們在艾瑞克．路德因的葬禮上已經注意到我了，而在亞德蓮的追思儀式後，這種熟識感得到進一步證實。然而他們在那裡想賭一賭、看看流逝的時間和歲月是否使我錯過他們。

這是場簡潔的追悼會；我很快就發現，這是出於小姜的遺願。這場依教會儀式所舉辦的典禮，可謂極盡簡約之能事。我的印象是：針對教會所能容忍的葬禮儀式（或是缺乏葬禮儀式）程度，這位牧師已經逾越了絕大多數主教能接受的底限。

我聆聽牧師的追思詞；有那麼幾秒鐘，我靜坐著，想著鱈魚。釣鱈魚是小姜人生中重要的一部分，而他也許從來不曾想過，「鱈魚」（torsk）這個字可以回溯到古印歐語言中，意謂「擦乾」（tørke）的字根*ters-*。原因是：源自古印歐語言*porskr*的鱈魚，自遠古時代起就和「乾魚」（tørr-fisk）畫上等號；此外，它也和日耳曼語系中意謂著「渴」（tørst）的單字有關，例如英文的*thirst*和德文的*durst*，甚至於梵語中意謂著「渴」的單字*trishna*。在佛教的「生之渴」中，它本身就是*duhkha*或苦難的根源。在解除「生之渴」之際，苦難才會停止。一項先決條件在於，人類的無知必須停止存在，因為就是它導致了生之渴。當這個情況發生，「涅槃」（nirvana）才會開始，成為生之渴的「解渴之源」。

貝拿勒斯[55]的佛陀；羅浮敦的小姜。但他們在皇宮公園和史柯洛瓦島的老家，都達到了十分相近的意境。我是多麼希望他們在現實中曾遇見過彼此。他們一定會聊得很投機。

如果追思儀式本身很簡約，接下來所發生的事就實在太震撼，令我至今仍心有餘悸。六名身穿黑衣的男子將棺木抬出教堂。它在教堂外被轉移到一輛靈車上，靈車隨即緩緩開進教堂邊陡峭的下坡，車後則跟著大批參加葬禮的賓客。那輛黑色靈車穿越歐洲路，繼續緩慢地開進並切穿那座完全位於教堂墓園反方向、占地寬闊的墓丘。一長列哀悼的群眾則緊隨其後，直到靈車在距為小姜預留的那片空曠墓地前數公尺處停下。我得再說一次：這真是如詩

55 Benares，印度東北部城市。

如畫的情景，但一切都是黑色的。

我、瑪莉安娜和斯威爾也就自然走到一塊。現在，反倒是我們成了一朵三瓣花。我的評估是，我們是葬禮賓客中僅有的嬉皮界人物。在你年過六十以後，這種事可不總是那麼容易確定。斯威爾耳垂上所掛的紅寶石，就是唯一能追溯到我們在七〇年代絢麗多彩的生活印記。

我認為，這次的棺木入土儀式也在任何一位主教所能接受的臨界點，因為它並未依循任何關於復活的承諾；隨後，牧師掏出一張紙條，朗讀了一小段來自小姜本人的簡短問候。當然，這段問候詞並未以書面形式發送給賓客，因此我只能根據記憶，隨興地轉述這段最後的問候：

此刻，送我重返大自然的各位：謝謝你們。我們大家都是從這奇異、瑰麗的珠寶箱內取出來的，而你們已將我放了回去。在這珠寶箱外，我得以品味這個世界，並屬於它一小段時間。此刻，我已經被小心、謹慎地放了回去。

發生過的事情，在相當大程度上是公平的。我的人生就是一筆信貸的額度。我一直很清楚：我的人生就是一筆貸款，早晚必須按照原金額，悉數歸還。

但我有許多好友相伴，大家都參與其中。無論我們在人生中的所做所為，我們都將永遠無法撇清這如影隨形、時時緊跟住我們的債務。

在這樣的背景下，我希望各位能夠理解，本場葬禮後，並未邀請任何人參加追思會。這類的追思會上，人們會說許多含沙射影的話，而我已經不能夠再提出抗議了。

各位之中，有些人或許還記得：在人生早期，我曾對其他世界、來生與靈魂的遷徙抱持美好的想像。我在此地、在羅浮敦，找到了針對這種邪說歪道的解藥。我再度回歸自我了。我不再相信有一個以上的世界，或好幾次的來生。因此，今天請別要求我針對這種事情表達期望。讓我的犁能在靜默與尊嚴中耕耘。

可是，嘿！笑一個！別擔心！願世界和平！

我們就不再多說了。

完畢

我們當中，許多人失聲痛哭起來。瑪莉安娜完全崩潰了；有那麼一眨眼的工夫，我能重新見到她青少女時期的姿影。我發現斯威爾的臉部肌肉僵硬、紋風不動。

他們事先就預約了計程車，也許他們已經知道不會舉辦追思儀式。也許，他們為此慶幸不已。

我和他們一同坐車回到斯沃爾維爾，也回憶了一下往日時光。我們隻字未提小姜，但我請他們代我問候郁娃，因為我們幾週前才在哥特蘭島上見過面，我覺得這也非常自然。

當我提出這一點時，他們用怪異的眼神打量我。斯威爾依然面無表情。

隨後，我很快便回到旅館，繼續坐在這裡、將這些文字寫給妳。

∴

但現在我已經暫停了好一段時間；我下到城裡、沿著碼頭和狹窄的街道繞了一、兩圈，而後坐在旅館餐廳的戶外座位區吃著鮮蝦伴長條法國麵包、美乃滋和檸檬，同時凝視著廣場上嘈雜的人潮。在這裡，白色海鷗就像威斯比的黑色烏鴉一樣，負責清潔工作。

往南行駛的快艇已在晚間六點半到八點半之間抵達斯沃爾維爾；兩個小時內，城裡的行人數量就翻了一倍以上。當船繼續開往南方的博德與史塔松德時，一陣奇特的寧靜就籠罩著羅浮敦群島區的首府；然而，這只維持了半個小時。隨後，往北行駛的快艇在晚間九點抵達，新到的觀光客成群結隊在街上遊走。

我坐在餐廳，看著這些來自世界各地、震懾不已的短期遊客如何占據整座城市，感到怡然自得。之後，快艇在晚間十點繼續朝北駛向魔術峽灣和史托克馬克恩斯，斯沃爾維爾才再度清靜下來。廣場上的攤販收攤了，商店也打烊了。然而，儘管夜已深，日光依舊閃耀、太陽仍灼燒著。斯沃爾維爾的這一晚，是個日不落之夜。

我已在戶外露臺上坐了一陣。太陽位於西北方，但日光仍舊炙熱無比。我竟坐著，斟了一杯威士忌，回想我所記得關於七〇年代的一切。我努力回想自己所忘記的事。然而，思緒也掃過最近這幾年；我想到葛莉絲．西希莉，想到妳。我的內心之眼則看見，幼小的圖勒是如何頭下腳上、倒栽蔥跌落井底。

老長青樹小姜現已不在人世。直到一切都結束之後，他青少年時期的情人和最要好的死黨才來拜訪他。我想到郁娃和烏鴉們，目睹這一切的福金與霧尼，以及和奧丁熱烈討論人類在地球上的生活、亞薩神族和巨人、良善與邪惡勢力間脆弱的權力平衡的老教授路德因。

時間已近午夜。即使兩艘快艇都已離開，浸淫在愈發金黃日光中的羅浮敦島區首府仍然頗富生機。天氣很熱，相當炎熱。這裡和哥特蘭島一樣處在熱浪中。此外，這裡還有永晝。下方的廣場上，人們穿著短褲、罩衫走來走去。我看到他們詭異地昂首闊步，宛如傀儡戲偶。他們彷彿全都被物象化了，像是劇場裡的角色。彷彿有某件事正在發生。

我感到一股無法抗拒、回到廣場上的渴望；我馬上就置身廣場，彷彿是躍動人群中的一分子。

我聽見船隻的汽笛聲，隨著聲音轉過頭、不勝驚恐地看見另一艘快艇靠近碼頭，船名是「北極熊號摩托船」。我還真不知道有叫這名字的快艇，這個時間點也不應該有快艇靠岸，絕對不該如此；海岸線上的任何地點，每天泊岸的快艇數量不應超過兩艘，一艘往北、一艘往南。但這艘靠近碼頭的船，煙突上也有快艇船隊（Hurtigruten）的標誌，一如船隊中其他所有船隻。

供乘客上、下船的浮橋從船上放下，但這回沒有人從船上登岸。不過，城裡的人則開始登船。街道上的所有人都湧向這針對大眾開放的登船口；他們擠上船時比劃著手勢、熱絡地交談著。我瞥見瑪莉安娜和斯威爾登船的身影；總之，他們竟然沒去搭飛機。我從大批交談中的傀儡戲偶口中聽到「沒有人能說明大爆炸是怎麼回事」、「造物的一刻」及「三葉蟲時代」等單詞和字句；同時，我聽到五、六千年前古印歐語言的若干有趣特徵，以及許多遍布印歐語系區、實際上**竟是**如此悠久的原生字具體範例：我（jeg），你（du），二（to），許多（mye），心臟（hjerte），暖（varme），女人（kvinne）。這些被拆散的原生字彷彿被提升到更高階的單位，聚合成一股強烈的意義。

我很怕被留下、或說被遺棄在斯沃爾維爾；很快地，我就成了唯一一個留在廣場上的人。整座城市空蕩蕩的，街道上、餐廳桌旁或露臺上，都空無一人。我已不再有其他選擇，就登上了這艘「北極熊號摩托船」——即使船公司的船隊名冊清單上找不到這艘船的名字。她鐵定是一艘類似於「經外書」[56]、不見於正史記載的船。

我往後投去一瞥，發現這座羅浮敦群島區的首府已杳無人跡，彷彿被瘟疫掃蕩過。

船上，人們群聚在日光浴甲板上、咖啡廳、餐廳、圖書室、酒吧與最上層甲板的大廳等處。我周遭充斥著交談聲。人們談論著各種可能的問題，例如一系列本體論哲學、太空物理學和演化生物學的問題。然而，周遭也不乏關於日常生活瑣事的閒聊：人們玩著牌、填字謎遊戲，玩數獨。

我繼續熟悉船上的環境。在甲板的步行區上，兩個年輕女孩手挽著手朝我走來；兩人都曾是我教過的學生，卻不同年，因此看到她們形影不離、窩在一起，是有點怪異。兩個女孩都穿著淺色夏季洋裝，其中一人穿黃色，另一人則穿著藍色。她們一同展現出一朵花卉的形影；更精確地說，是一朵三色堇，又稱「蝴蝶花」。

「雅各！」其中一人在見到我時說道；她叫安娜。

「派勒！」另一人說道；她叫布莉特，是我利用派勒做為新挪威語文法複習示範教具那年教過的學生。

兩人都有著熾熱的藍眼睛。她們彷彿來自另一個實境，眼神超然而脫俗。

「你今天要教我們什麼呢？」其中一人問道，露出一個迷人的微笑。

「最好是有**視覺印象**的喔，」另一人央求道。

我開始說明，我們如何在印歐語系區的大部分區域裡，找到印歐語言中意謂「看」的字根 *weid-* 的分支，例如希臘文中意謂外觀或視覺形式的單詞 *idea* 和 *eidos*，進一步衍生出外來語單字 *idé*（觀念）以及 *ideell*（理想的）與 *idealisme*（理想主義）等字，在拉丁文則為意謂著「看」的 *videre*，且進一步推演出 *visjon*（願景）或 *visjonær*（視覺印象的）。

我用拉丁文補充道：「證明完畢（Quod erat demonstrandum）！」

那位表示自己想學些和視覺印象有關內容的女生，用手掩住嘴巴，噗哧一笑。但我不為所動，繼續說下去：

56 一六一一年詹姆士王道版聖經頒布以後，新教教會陸續將部分經文自聖經中刪除，以便向大眾提供精簡的聖經版本。被刪之經文稱為「經外書」；此處意指該艘快艇名字不在正式名冊上。

「當人們說『看到了』，就表示：他們**知道**了。這個字也是源於印歐語言中意謂『看』的字根*weid-*，但這次是來自完成式，在梵語中為*veda*（吠陀），也就是聖典的名稱；在丹麥語為*vide*，在挪威語為*vite*（知道），再衍申出*vis*（聰慧）和*vise*（展示），以及*vett*（理解）和*vittig*（明智的）等相關字詞。在德文則為*wissen*，以及意謂著『智慧』的*Wissenschaft*，英文中的『智慧』為*wisdom*，『睿智的』為*wise*，以及意謂巫師的*wizard*等等。」

我微微一鞠躬，繼續在甲板的步行區上移動。我沒有手杖；在戶外的甲板上，假如我有一根輕巧的健行用手杖，那就再合適不過了。

我聽見背後其中一名女士說：「他失心瘋了。」另一名女士回答道：「也許他已經被自己的智慧給淹死了。」

船隻解開纜索、往後退出港口後，沿著羅浮敦峽灣岩壁行駛，航向西南方。船的航向在莫斯可島以南轉為正西方，朝向外海行駛。我們航經那頗富傳說色彩的莫斯可漩渦，船身搖晃、震顫不已，瓶子和咖啡杯像是置身於一艘載運汽車的渡輪上，緊張地碰撞著。船航向正西方、駛進了挪威海。此刻的它真是無比沉靜，從未有過比它更沉靜的海域了。我們並非航向蘇格奈峽谷，因為太陽並未西沉；太陽位於北方、處於船身的右舷方向，繼續這呈三百六十度的夏季永晝魔幻之舞。

我在人聲嘈雜的船上走動、四處張望。熱絡的討論持續著，而我逐漸開始認出其中幾名乘客。瑪莉安娜和斯威爾一登船時，我就注意到他們了，此時他們坐在觀景台、各自點了一杯紅酒；瑪莉安娜的頭髮上別著一朵法蘭西菊。我們向彼此點頭致意，但我繼續走向日光浴上層甲板。在這裡，我馬上就認出小姜。就像那次在皇宮公園亮相一樣，他身穿老式寬鬆羊皮外套，一大群身著鮮豔、閃亮寬鬆服飾的年輕人則圍繞著他。他看見我，舒適自在地吸著香甜的煙管，胡亂地朝我招手；那不像是我們昨天才見過彼此的神情，反而像是我倆多年前見面的情景。歲月流逝、兔走烏飛，然而時間和空間的界線已不再絕對，時空之中，有著好幾條縱橫交錯的長廊。我想起：小姜在七〇年代就提過這件事情。當時的他已經讀過奧爾德斯・赫胥黎的《理解之門》，還有阿瑟・庫斯勒[57]的《巧合之根》。

對於自己數小時前才參加了小姜的葬禮，我並未感到任何的自相矛盾。有些人活著、有些人已死，實情、世事就是如此；但此刻的生者與那些摔下懸崖、與世長辭的人之間，並沒有任何鮮明的區別。有時，一整座山會崩頹入海、掀起在轉眼間抹去一切蹤跡的大浪；但是，一整代人並不會以這種方式死滅。我們常在自己家裡的臥室、在自己的枕頭上孑然一身地死去，我們身後總會留下一縷回憶；關於個人的故事、小軼事會隨著時間消逝，但它們卻能在遺族、後代子孫們之間長久地存活下去。

最關鍵、實質的差別，並非生者與死者；人際間還有其他更重要得多的差別。無論如何，絕大多數的生者或死者有彼此相伴，或曾經有過彼此相伴；依慣例，人們在這兩個領域

---

57 Arthur Koestler,1905-1983，匈牙利裔英國記者與批評家。

都有親人和朋友。我再次體驗到，自己是個局外人、邊緣人。在北極熊號摩托船上，我也是個漫無目的的乘客。我並不屬於現今仍在世者，或曾在世、但現已不在人世的社交網。機上那位年輕女士，只是出於手臂一個痙攣似的動作，才碰觸了我的手臂。

就在我鼻腔能聞到小姜大麻煙管傳來的甜味時，亞格奈絲，我想著妳。妳是對的。我必須停止依賴他人。現在連我自己都感覺得到，我對成為他人生命中不速之客的想法，已經無法承受了。

我開始從船的一端走到另一端；一開始多少有點漫無目的，但逐漸變得愈來愈系統化。艾瑞克．路德因教授站在最上層甲板的酒吧裡，針對偶像膜拜與神話中的奧丁自彈自唱著：

「……即使這個神祇的名字也可見於北歐以外的地區，各種文獻仍明白要求我們，將我們的奧丁視為純正北歐的神祇……一旦某個事物具有原創性，它的獨特性就會被膚淺化、好將這個現象硬塞進法國語言學家喬治．杜梅茲的模型裡……」

亞德蓮．西格魯穿著計程車司機制服坐在圖書室裡，為一群聽眾朗讀那本有趣的小書《來自後座的故事》。聽眾們笑得開懷，對作者描述的許多情境感到十分熟悉。他們非常盡興。

我往下走到位於第五層甲板的咖啡廳，在此地發現路德因堂姊妹正在講悄悄話。郁娃見到我，伸出兩根手指揮舞著；但她再次轉向堂姊妹們，繼續她們剛才深入談論的話題。我聽見她喊道：「**性高潮，對，就是它！**」

但我隨即受夠了這種堂姊妹間的閒聊與瞎扯，將頭伸進那間人滿為患的小型會議室裡。無論是在這裡還是在船上其他地方，都不見呈灰色的人潮。完全相反的，個體和人物的形影金光閃閃、幾乎使眼睛感到刺痛。我驚覺：絕大多數我看見的人，都來自我曾經造訪過的追思會。難怪他們當中有這麼多人在我經過時向我點頭招呼了。然而，我也看到我只在葬禮流程表上、平面照片裡見過的人物。

魯那．佛雷勒站在前方的講台上，用Power Point進行簡報；講題是五〇年代美國電影與音樂劇概論。魯那對桃樂絲．黛[58]作為歌手與演員的成就讚譽有加，彷彿和她有私交似的。他以談論一位親密女性友人的方式談論這位舊日的影歌星。他喊她「桃樂絲」。

這一切交談讓我焦躁不已。我開始再次在船上四處走動。我開始找尋某樣東西。我驚覺：我身處的這艘船，就代表著無窮盡的概念。在這裡，我找到自己所尋找的一切。

所有甲板上都人潮洶湧。我再次見到那些從我搬離哈林達爾的歐爾鎮以後，就不曾見過的人們。母親坐在第八層甲板的酒吧裡，和其他幾名女士一起忙著針線活兒，大家都來自哈林達爾。她見到我時，一點都不訝異。此時，她只是和氣地向我招招手、彷彿我們只是在歐

---

58 Doris Day, 1922-，美國女歌手及演員。

爾鎮境外乘船遠行。

父親站在步行區甲板上，和幾名男子用魚竿釣魚。他沒發現我，因此我也不搭理他；有些界線還是必要的。

我猛然想到：假如全人類都在這艘船上——或者說，至少所有我見過的人都在這艘船上——那也該有妳的一席之地。我努力用邏輯思考；因為我現在是鐵了心、非找到妳不可。我不相信妳會和其他這麼多人混在一起。也許妳就站在船艏最前端，望著船身行駛。

我知道甲板上步行區會穿過所有艙房、直達一扇位於前端那兩間船東住艙前方的窄門。我走到那裡，就在那裡找到了妳。我走去坐在妳身旁，妳也毫不訝異。我感覺妳是在等候我、歡迎我。

海面依然平靜、幾乎可說是死氣沉沉；太陽牢牢握住夏夜，那可是它的特權。空氣依然炎熱，非常炎熱。

妳一手搭著我赤裸的下臂，然而我毫無感覺。妳試著用力壓；但我仍然感覺不到。

「亞格奈絲，」我說道；或者，我只是想著。

妳望著我，露出微笑。我倆同時感覺到，船身不再攪動海水。現在，她在空中旋轉，但依然向西行駛。

「亞格奈絲，」我又說了一次。「妳相信我們能從這死亡航行裡脫身、找到回歸生命的路嗎？」

亞格奈絲

距清晨與破曉，已過了好一段時間；旅館客房——實際上是有著兩個小房間、一個廚房的公寓式套房——的敲門聲喚醒了我。

我做過夢嗎？還是，我坐在筆電前振筆疾書、直到深夜，然後才踉踉蹌蹌地上了床？我望著其中一扇落地窗前的威士忌空瓶，遠方則是高聳、稜緣分明的山岳。我覺得自己可以在後腦處感覺到，那空酒瓶裡的酒究竟跑到哪裡去了。

此外，我還看見派勒；他一如往常地友善。這個小調皮鬼倚在窗邊、坐在那威士忌酒瓶旁邊，和酒瓶幾乎成了雙胞胎兄弟。

我展開死亡航行、駛往大洋的意象還殘留在體內。最後我和妳一同坐在「北極熊號」摩托船艄最前端處。我轉向妳，問道：是否有逃離我們身處悲慘、艱難處境的出路。

我聽見有人在敲門、喊著我的名字；我聽見的是妳的聲音。我現在還在那艘猶如「經外書」的快艇上嗎？要是如此，我分到的可就是豪華的帝王住艙了。

但我從床上起身，披上旅館的晨褸，步履蹣跚地在地板上走著，打開通往外部走廊的門。亞格奈絲，妳就站在我面前。在斯沃爾維爾、在羅浮敦！我無法理解發生了什麼事。

我最近一次見到妳，是幾個月前在從艾蘭道爾回家的車上；在那之後，我們就未再聯繫對方。但我總會想到妳；那次我在咖啡廳裡提議，或許我可以把自己出席妳姊姊葬禮的背景、事由寫給妳，而不是在回到奧斯陸的車程中講述這個棘手的話題。我覺得實際上，要在車裡把我這輩子所有經歷全部說完，是太密集了。那樣太緊迫；我需要更多距離，更多時間。另外還有一件事：由於我開車，我不能讓派勒代替我發言。

妳看見我有多麼驚異，鐵定也看到我的爛醉如泥。妳所說的第一件事是：妳來到這裡是想見派勒。在一切迷惑、混亂中，妳也說明了：這次見面，當然絕非偶然。

瑪莉安娜和斯威爾在斯沃爾維爾放我下車，計程車再將他們載到那座小機場；瑪莉安娜旋即打電話給家人，說自己在參加一位七〇年代初期、嬉皮運動時代朋友的葬禮上遇見了派勒。而派勒，或者說雅各（這想必才是他的本名），表示他還會在斯沃爾維爾多停留一、兩天，寫點東西。

圖勒毫不猶豫就打電話給妳。他知道，要是妳還沒踏上返回奧斯陸的歸途，妳就恰好也在羅浮敦。不過他是在斯沃爾維爾以南數十公里的史塔松德連繫上妳的，就在妳要登上南行快艇返家之前；而這，**這**就是這段故事裡唯一真正重大的巧合。儘管如此，在永晝的太陽高照之際、在羅浮敦群島區遇見朋友和熟人究竟能使人多感驚訝，當然也有討論的餘地。我的體驗是：這真是命運使然。我對此不抱任何幻想。

正如妳在當天稍晚說的：妳很樂意再見到我，在家族中並非什麼祕密。短短幾週前，郁娃在威斯比也提到過。可是**妳**為什麼會在羅浮敦？在史塔松德？妳一時間還不願道出。

然而妳在這裡。妳望著一隻爛醉的靈魂，很快就強調：妳來見的是派勒的，不是我。

我不得不承認，這個回答使我有點心痛，但並非毫無預警：妳得到我的承諾，將能夠再次見到派勒。妳在艾蘭道爾是被派勒所吸引、不是為我傾倒；派勒是我最要好的朋友，但從那一刻起就成了我的敵手。

妳伸手探向他、將他舉起，而沒對那只空酒瓶大驚小怪。妳把他伸向我；出於習慣，我迅速地將他套上手與下臂。派勒馬上開始講話，非常自然、完全不打草稿。

我幾乎得補充，由於宿醉的緣故，我無法親自說話。也就是因為這樣，我想到佛教中意謂「苦難」的單字，也就是梵語單字*duhkha*，是個運轉不順暢的輪子或輪軸。而我現在的感覺正是如此：我的「輪軸」狀態很惡劣。

因此讓派勒去講話，感覺真是逍遙又輕鬆。能夠幾乎隨時擁有這麼一位準備就緒的副手在旁，我還真是幸福。派勒從來不會喝得爛醉。他根本是滴酒不沾。現在他字正腔圓地開口了，而且百分之百清醒。他說道：

「真高興再見到妳，亞格奈絲！」

妳幾乎在同時露出燦爛的微笑。妳容光煥發。

「幸會！」妳回答。

這時派勒直接切入重點。他大膽、毫無顧忌地再次挑起那次在艾蘭道爾的話題，隨即有如進入了無人之境：

「我們上次見面時，妳說妳沒結婚，對吧？那麼，妳的感情生活呢？妳有愛人還是同居伴侶嗎？」

妳搖搖頭，我察覺到妳臉上掠過一抹哀傷。但是妳沒答腔。

「可是，妳結過婚？」

妳再度搖頭。妳說：

「也許我仍算是已婚……」

我的手腕處一陣顫抖。

「你們從來沒離婚？你們就只是分道揚鑣？」

然而妳第三度搖頭；我覺得我能看出妳是多麼痛苦。這些如子彈般朝妳掃射的問題，顯然都無法回答。

「亞格奈絲！」這時，派勒開口；這回，我支持他的意圖：「告訴我妳的故事吧！」

我們坐在床邊；妳坐在我右手邊，派勒則在我左手臂上。妳凝視著派勒的雙眼，開始描述。

妳說道：妳和馬克結婚多年。在你們共同生活的最後一段期間，他在馬約卡島[59]一座名叫索勒（Soller）的城市進行考古工作。妳在奧斯陸擔任心理治療師。那段期間，妳在週末、假期及國定假日時會往返馬約卡島，或由他北上奧斯陸探訪妳。

數年前的五月十一日，在紀念馬約卡島的基督徒於一五六一年戰勝北非摩爾人（也就是回教徒）海盜的「索勒解放節」（又稱「摩爾人與基督徒」）的人潮中，馬克離開妳，失蹤了。城裡所有居民傾巢而出，不分長幼都穿上了簡樸的民族服飾，其中許多男子將臉塗成黑褐色、穿著用麵粉袋製成的寬鬆長褲、手持長劍和雷筒走來走去；他們就是海盜。人們揮舞著罐裝啤酒和裝著桑格里厄汽酒的大型塑膠杯；從清晨起，爆竹的爆裂聲便不絕於耳，但也能聽見較大型炸彈引爆時沉重的轟鳴。這一整天，當地人搭乘路面電車往返索勒市與索勒港之間，或是沿著鐵道來回步行。「摩爾人」和「基督徒」的戰爭，就在當天正午時分於那座小型港市開打……

關於這部分的其他細節，我在此不提；但在這一切喧鬧與人潮洶湧中，馬克離妳而去，不知去向了。妳一連走了好幾個小時、尋找他，但卻沒發現他。

派勒很安靜，深入地聆聽、消化妳的故事；我得說，他的舉止完全稱得上是模範生。妳講了許久，他也無意插嘴。直到故事的這個時間點上，他才開始提出問題。他說：

「你們總有手機吧？妳沒試過打給他嗎？」

---

59 Mallorca，位於西地中海，屬西班牙加泰隆尼亞，為頗受西北歐遊客青睞的旅遊景點。

「我怎麼沒打過！你知道嗎？直到今天，我依然在撥他的號碼。」

我感到手腕處一陣緊繃。

「妳沒把他登報列為失蹤人口嗎？那天難道沒有警察上班嗎？沒人能幫你找到他嗎？」

亞格奈絲，這時妳露出欣喜、得意的微笑，我或許該形容：妳笑得很不自然。妳說：

「那當然，城裡到處都是警察，我一個警員、一個警員地追問。他們都覺得我瘋了。我的加泰隆尼亞語很流利，但他們一口咬定我只是個失去理智的觀光客。」

「為什麼？」

「人很多，現場人聲鼎沸、非常擁擠；你可以想像一下國慶日那天，有人在卡爾．約翰大道上和一個朋友走丟了，或是復活節連假的第一天在聖彼得廣場[60]走失……」

「那又怎樣？最後派對總結束了吧。」

「他沒有出現。我們住在城市高地處的一間公寓，但他沒有回家。那一整晚、一整夜剩餘的時間裡，他都沒有回家。每個難捱的小時，以及每一分鐘，他都沒有回家。馬克再也沒有回來。」

我一度覺得派勒實在很無情。像他現在這樣急急忙忙推出自己的理論，根本一點必要都沒有。他說：

「他肯定是利用了這場盛大的民俗慶典，趁機離開妳。現在他也許已經改名換姓、在澳洲或拉丁美洲活得好好的。妳說過：最後這幾年，你們分居兩地。他有情婦嗎？他會不會丟下妳、跟著她跑了？」

妳雙眼圓睜，目光空洞。妳只是坐著凝視史柯蘭多先生；但我現在覺得，妳已經開始有點討厭他了。不管怎樣，我也開始不高興了。

派勒基本上是個乖寶寶。問題就在於：他有時直截了當到無恥的程度。其他人只敢想、不敢講的內容，他會直接說出來。老實說，我有幾次很納悶，他是否有那麼一點亞斯柏格症的症狀。

妳沒答腔，他就繼續質詢下去：

「警方從來沒找人，進行搜索嗎？」

妳點點頭：「可是警方直到解放節結束後好幾天，才開始處理這件事。或者就像他們說的，有些人連著好幾天慶祝這個節日，也不是第一次見到的事了；而馬克也不是唯一一個沒有直接回家上床睡覺的人。」

「無恥！」派勒說。

無恥？虧他說得出來！

但派勒只是繼續往下說：「這種警察，真是敗類！」

我相信他這麼說，只是想取悅和他交談的女士。妳繼續說道：

「另外，馬克在那座城市裡可是有頭有臉的重要人物。警方知道他是誰。他從帕爾馬[61]

60 位於梵蒂岡聖彼得大殿前，為羅馬最有名的廣場。

61 Palma，馬約卡島首府，人口約四十萬。

來，曾在那座城裡幾處重要的遺址工作過。幾千年來，許多人曾經以馬約卡島為家；腓尼基人，羅馬人，汪達爾人，摩爾人……」

派勒彷彿靈光一閃。我感覺到手腕處一陣震顫，力道大得我痛了好一陣子。他說：

「他有沒有敵人？」

妳淒苦地一笑，亞格奈絲。妳靜靜坐著、低下頭去，看起來彷彿年輕了二十歲。

派勒緊咬不放：

「可能會有人想綁架他嗎？」

妳再次直視他，大聲、清楚地回答。

「有！」妳說。

「但是，有人有這麼做的動機嗎？」

妳說：「擔任考古遺址挖掘主管，會讓馬克這樣的人和各種不同的營建業者及產業界勢力起衝突。挖到古老的一針一髮，都足以使一整座旅館複合建築的營建案喊停。馬克和我談過這種問題。當然可能有人利用那天的機會，綁架了他……」

妳深吸了一口氣，但仍把話說完：

「……或是藉著當天所有的爆裂和爆炸聲充當掩護，射殺了他。當時，地勢較低的索勒港正在進行一場戰鬥，他就是在那裡失蹤的。可是他們沒能找到關於他的蛛絲馬跡。這件失蹤案，始終未能偵破。」

「他們總有搜尋過吧？」

「當然。隨著時間過去，警方執行了一次大規模搜索。之後，這件案子就束諸高閣。我懷疑那些搜索人員最後做出和你一樣的結論：他們想必認為，馬克的失蹤記是自導自演。這類失蹤事件，歷史上也不是沒有過先例。但我和馬克共同相處、生活多年，我們之間聯繫很強烈。」

我感到左手腕一陣詭異的鬆弛；我的解讀是，派勒是真心同情妳。

他說：「今天，妳怎麼想？」

妳好像前後搖晃著身子：「我不知道馬克是否還活著；因此也就不知道自己是否和他結過婚，或仍和他有夫妻關係。但我已經下定決心，再也不和別人有感情關係了。也許馬克正在某個地方坐牢。我永遠不會知道，他是否真的不會回來了。」

妳從床邊起身，走到那幾扇細長、正對著北方與西北方尖銳山峰的高大落地窗前。出於某種原因，妳踢著那只空威士忌瓶，但力道拿捏得恰到好處，沒把它踢倒。我們無法確定妳是否意識到自己的左腳在踢什麼；總之，妳沒有低頭望那只空瓶。妳的思緒完全在別處。

我並未將派勒從手臂上撂下，但他的心情明顯受到情境影響，一語不發。

妳再次坐回床邊。這時，派勒再也忍不住了。他重新開口，我覺得他的表達很笨拙，只是為了把話說出來。

「仁慈的夫人，」他說。「我這麼說，是因為妳也許仍是有夫之婦。總之，我相信妳的話。」

妳已再度露出微笑。妳只盯著派勒，用目光打量他，必是想知道他還有什麼話想說。

他繼續說道：「這邊坐著一位誠實的先生，他也是孤家寡人。他叫雅各，不會要求和妳在牧師或州郡警長面前攜手結為夫妻。人生苦短，不過他會是個好伴侶。要是考古學家從魔術師的箱子裡、或是像人類那樣從巨人的箱子裡被變了回來，夫人大可放心：他很謹慎、知所進退，一定會捲舖蓋走人、永遠不再出現。」

我幾乎要把派勒從手臂上拽下來，因為對他的遣詞用字極為厭惡。但我同時也讓自己沉浸在他對我福祉所展現的關懷中，這次的焦點是在我當前所處的人生階段：我已不再年輕。

此時，妳做出了身陷這種處境時唯一合乎常識的應對——一整天下來，我都在思考這件事——妳把球踢到我和派勒的半場。妳問到我，這是很有效的劘球。妳朝我點點頭，然後再次轉向派勒：

「可是，他也曾是有婦之夫。那段故事又是怎麼回事？」

亞格奈絲，妳問起了，而且還**如此**直接？不過妳提問的對象不是我。妳是在問派勒。那就是另外一回事了。他對妳直接的程度至少是不相上下。假如妳沒像他那樣迅即、直截了當，你們之間也就不存在任何互動的可能了。

派勒望著妳。我感覺到手腕處的顫抖，卻不知道他是否想回答。我只想著：不用親自回答真好。他說：

「典型的三角關係，夫人。她叫芮都，手指奇癢無比。」

「手指奇癢無比？」
「這段婚姻最初一、兩年的大部分時間裡，我和所有的雪茄菸盒躺在一個抽屜裡……」
「雪茄盒？不，現在我是真的搞不懂了。」
手腕處一陣緊握：
「好啦，就當我沒說過啦。」
「好，所以呢？」
「我和這些雪茄菸盒一起住在大衣櫃的最深處，久久一次、芮都不在家時，他才會把我從衣櫃裡取出來、和我說說話。那幾年真是有夠漫漫——漫長的。」
妳笑了，亞格奈絲：
「這我能理解。可是你說那位太太『手指奇癢無比』。」
「我是說，她真的是手癢。那是他的衣櫃，那些抽屜可是他的私人空間。就算不提衣櫃，一段婚姻裡保有最起碼的私生活也非常合理。但和他結婚的那名女子，手指真是犯賤，有一天她居然翻到我和那些雪茄菸盒——我們可是藏在一堆排放得井然有序的男用內衣褲下面——所以我才說，她的手指奇癢無比。」
「那她對自己所找到的東西有什麼反應？」
「她火冒三丈。當現在坐在妳身旁的這位先生下班回到家，芮都就在門口堵他。她緊抓住我，表情臭得要命，把我伸到他面前，那動作像是在責怪別人似的。她好像覺得，雅各應該要為我存在的事實負起責任。」

「那他怎麼做？」

「他有選擇嗎？他堅決地將我套進手裡，一心寄望我能憑著三寸不爛之舌，助他擺脫這個窘境。住在公寓裡的，不再只有兩個人了；當時，我們三個就成了同居人。」

妳的臉上是一朵好大、好燦爛的微笑。不難看出妳對他有多癡迷。妳說：

「結果呢？你有順利讓她平靜下來嗎？」

「仁慈的夫人，完全沒有！我竭盡所能地說話，但這女人可是怒急攻心；我對她極盡恭維之能事，誇讚她美麗的雙眼像是兩顆閃亮的鑽石；我還盛讚它們有時就像天上的星星，可是一點用也沒有。她最輕視的其中一項事物，就是我的聲音。她認為是雅各扮成我來講話。但不是這樣的，我的聲音本來就是這樣。這位太太立刻發動攻擊，將我從他手臂上一把拽下。她說：她要把我扔進垃圾堆。」

亞格奈絲，最後這句話打動了妳。無論如何，妳用手掩住嘴，噗哧一笑。

派勒朝我點點頭，說：

「但是，這位尊貴的先生替我求情。他說我從他小時候就和他住在一起；最後他獲准將我放回衣櫃，並鄭重承諾不會再讓我出來露臉。」

我的手臂很累，看起來也不怎麼好，因此我在這時將史柯蘭多拽下手臂，俐落地放回床邊。

妳說妳看過幾次傀儡戲；我想，妳是說它很獨一無二。我沒法理解妳的意思。此外妳指出，芮都只因一個傀儡娃娃就暴走、抓狂，想必深受脆弱的自我形象所苦。

我同意妳所說的最後一點。芮都也有幾項良善的特質，但她的自我形象想必很脆弱。妳這番評語，可能也是出於心理治療的視角。

有那麼短暫的片刻，我倆靜坐著、獨處。完全與彼此獨自相處；現在派勒已經下場了，我們面臨同樣的窘境。

我完全不曉得該說些什麼。但是，我的腦袋用力地運轉著。有時候，你會完全說不出話來，思緒卻依然敏銳；這可真奇怪。

我想到我存在筆電裡的內容，想到一切我寫給妳、但也關於妳的故事，亞格奈絲。妳還沒讀過任何我寫下的故事。

想到我們坐在羅浮敦群島區的一張床邊，不是很逗趣嗎？妳和我！除了這張大床，其他傢俱都不在這個房間裡。隔壁房間有一組能伸展成附加床位的沙發座。

最後是妳打破沉默。妳起身重複道，派勒是無價的非賣品。妳提醒我，妳到這裡是為了拜訪派勒，而妳在生活中與精神上，都將繼續等候馬克。自從他失蹤，已經過了八年。

妳再次起身，站在其中一扇細長的落地窗前。妳背對著我，提起自己為什麼會在羅浮敦群島區。在圖勒事先打電話給妳那天，妳人在史塔松德，並已經拜訪過挪威諾蘭省的戲偶劇場。妳提到，羅浮敦群島區的一個小漁村裡，居然有這麼一座針對傀儡戲偶的完善機構，實在很令人驚異。

我想起我們在艾蘭道爾見面時，妳提到過傀儡戲偶劇場。妳和那位海洋學家，就是因此在學生時代認識的。你們一同創辦了「皮諾丘——學生會傀儡戲偶劇場」。

妳說，妳也許為派勒安排了一些計畫，而妳當然了解，這將牽涉到我。妳表示這並不是三言兩語能解釋的，妳需要一點時間醞釀。然而，我們在這一天裡，必須決定是否要開始規劃。這就是妳前夜還在史塔松德、之後便搭乘計程車來到斯沃爾維爾的原因。

妳再度轉向我。

「你大概需要沖個澡，」妳說。「我想，我就是在那裡踢到威士忌酒瓶。」

但同時，妳又朝側房點點頭，追加一句：「我能在這裡待到明天嗎？整座城裡連一間空房都找不到了。」

我已經記不得自己是出聲同意，或只是點了點頭。但我進了沐浴間；妳不經意地順道一提，妳在下方廣場上買了杯咖啡和一塊小圓法國麵包。妳說話的口吻，彷彿已經住在這裡了。

有件妳沒明說、但我很快就覺得很篤定的事情是：妳可能為派勒安排的這些「計畫」，和我倆今天談話的投機程度呈正相關。我感覺自己得通過某種檢定，而且那只適用於我、不適用於派勒。他已經通過檢定了。

沐浴時，我開始感到面臨學位論文檢定時的緊繃感；我得承認，今晚的輕浮、愚蠢加上面臨論文檢定的緊繃感，真是個不愉快的組合。

我在哈林達爾讀高中，以及奧斯陸讀大學時，畢業考或論文口試成績都堪稱優異。這並不奇怪，因為我是個優秀的學生，用拉丁文來說就是*prae céteris*——「優於他人」。但在人生這間學校，我並不總是通過考驗。

我們進一步同意一邊散步、一邊談話，因為正如我們其中一人所說的，一同散步時，我們常能較呆坐、四目相對時，激盪出有意義的談話。我補充道，這種先決條件對派勒從來沒有任何意義。他只要被套上我的手臂，就已經等於是出外郊遊、踏青了。

我隨時能再度走上那條沿著E10號高速公路所鋪設的柏油自行車道與人行步道。我想帶妳看看羅浮敦大教堂，並已邀妳在卡貝爾沃爾共進午餐。

這天，路上不見任何黑衣男子，而我驚訝地發現，兩兩結伴而行，和身為三名身著黑衣、素不相識、各自被陰暗的山影所壓抑、彼此間相隔半公里而行的男子其中一人，是完全不一樣的感覺。

亞格奈絲，我覺得和妳走在一起很幸福。妳堅持要讓派勒加入，此刻他躺在我的黑色健行用背包裡，妳多次要求和他說話。這種情況多半發生在我們之間陷入停頓時。一個不能忽略的事實是：妳和派勒之間的化學反應，遠比我們之間的要來得好。我親自記住了這一點。

派勒總是活在人生的陽光面，而我大半時間內都身處陰暗的一面。而我也有自己的陽光面。我有派勒。

就在歐洲路上的車輛呼嘯而過之際，我們一開始聊到的人事物，包括前一天出席少年時代朋友葬禮的斯威爾和瑪莉安娜。

「他也是你的朋友？」妳問道。

我證實了。但妳並未完全放過我：

「你是真的認識他？」

「對，當然，」我堅持道。「我們四個，瑪莉安娜、斯威爾、小姜和我，都彼此認識。」

我提到小姜是本地人，而我之前沒說到這件事；我們經過指向位於下方、通往史柯洛瓦島渡輪碼頭道路的指示牌。我提到小姜就來自這附近的一個小漁村。

自從妳表哥在超過三十年前成為路德因家族的一員後，妳便知道瑪莉安娜與斯威爾曾是最忠貞的嬉皮，而我則稍微提及身處那個圈子短短幾個月間的感想。

然而直到圖勒那天晚上打電話給妳，妳才知道小姜的事。於是，妳現在才告訴我這方面最後一個古怪的細節——而那正是妳表哥在最近這幾天所聽聞到的事情。

小姜的訃聞刊登在《晚報》後一、兩天，郁娃人正在位於博那鎮的童年故居；那時只有瑪莉安娜在家。在那座西洋梳妝櫃上，一份嶄新的訃聞旁邊，還有一、兩張攝於六〇年代末期、已經泛黃的舊照片，其中一張正是瑪莉安娜和小姜還是情侶時的嬉皮合照。

郁娃只瞄了那張照片一眼，就轉向母親說：「這是我的生父！」她舉起那份訃聞，用它遮住嘴巴，喊道：「現在，他已經不在人世了嗎？」

瑪莉安娜並沒有試圖否認或質疑郁娃的說法。兩人在戶外的庭院裡坐了許久。斯威爾回到家時，郁娃摟住他的脖子，放聲大哭。

妳對於我現在所說內容的記憶，當然就像我對我們那趟沿著歐洲路漫長步行中所聊到的一樣記憶清楚。往後，假如除了妳之外的其他人讀到我的敘事，它就必須有連貫性，因此我也放入了這一段。此外，我也還沒完全決定，是否要讓妳閱讀任何內容。到目前為止，我還沒有表明自己很快就將針對我人生的事蹟，寫成一整本書。最近這一、兩天來，我驚覺我寫給自己的內容，或許就和寫給妳的一樣多。

正如妳記得的，我們聊到一長串我在此所沒提到的其他問題。我們不時坐在路旁，好讓妳能跟派勒聊聊。有一次，妳的爆笑聲還嚇醒了一整群海鷗。

我帶妳看過羅浮敦大教堂，隨後我們穿過路面，去到位於墓園最後端、小姜的墓地。除了出生與死亡日期，十字架上只刻著「姜那斯·史柯洛瓦」。墓前的獻花仍然新鮮。

我談到棺木入土後，由牧師所朗誦、來自小姜的最後問候。我覺得這對妳一定有些影響。我將派勒從背包裡掏出來、放在十字架上。我覺得我無法不讓他加入。我提到小姜和派勒唯一的一次見面，以及他們之間的長談。那段期間，他閱讀葛吉夫、庫斯勒和赫胥黎的作品；隨後，他回到羅浮敦，並在此度過餘生。

妳再次要求和派勒說話；和先前相比，我更加強烈地感覺到一絲妒意。

我們坐在墓碑間的草地上，我憶起超過四十年前，小姜、斯威爾和瑪莉安娜就像今天的我們一樣坐在綠地上、構成一個三角形。斯威爾背叛了自己最要好的朋友，搶走了好友的女朋友。然而瑪莉安娜也是個叛徒。

我永遠無法親自排出這當中任何事的軌跡，尤其無法理解我們坐在小姜的墓前。派勒很快就針對妳對他明確表達出高於對我的興趣，表示了恥辱與罪惡感。就是和派勒談到這件事時，妳顯得特別寬大（我本來會想以無情來形容）——而對象當然不是派勒，是我。

派勒再次試著連結我們——他試著像易卜生那樣，把我們當成兩個海難後擱淺的倖存者——但是妳不為所動。妳強調，自己對再度見到雅各感到很開心，但妳有權利全神貫注在派勒身上。妳真這麼說了，當然還被一陣恰到好處的笑聲打斷；但妳就是這麼說的。完全不給我任何虛假的期望。果斷、明快。

妳解釋著，有時候，一名演員會扮演一個比自己更偉大的角色。一件藝術品，可能會比它所探討的主題更崇高；而任何一門戲法，都可能會超越大師。然而在這種情況下，原創者當然也值得得到讚賞。

妳和派勒熱切地交談；這時，妳一度將目光從他身上移開、望著我一或兩秒鐘，同時將一隻手搭在我的右膝上。我們宛如青少年那樣坐在小姜墓前的草地上。妳在艾蘭道爾和派勒聊天時，也發生過類似的事：我正要發動汽車，手放在排檔桿上；有那麼一秒，妳將一隻手搭在我手上。這使我難以忘懷。

我們將派勒放回健行背包裡，穿越教堂墓園，來到歐洲路，再向上爬過一座小山嶺、下到卡貝爾沃爾。我們已經規劃好在那裡共進一頓比較晚開動的午餐。由於妳還未沒適應全天二十四小時的日光，前一晚沒睡好；我則睡得太沉。我們也同意，我們現在共進的這頓、以橢圓形餐盤所盛裝的午餐，可以同時做為午餐與晚餐。我們已和旅館談妥，他們會安排妳入住側房。

我們走著，而我在想一件最近這幾年來相當困擾我的事。最後，我向妳問起了——即使可能不像派勒那麼直接。我問：在後庭餐廳，妳為什麼要留住我。畢竟，妳是在很久以後才遇見了派勒。

妳狡猾地笑了，而我不明就裡。我搞不懂為什麼。而妳做了說明。

妳提到，在那場追思會上，妳已經被我以一種**超過**自身界線、扮演非我本人角色那前所未見的能力給嚇到了。妳說我扮演起葛瑞絲·西希莉溫文有禮的好友一角，讓我甚至對自己事實上曾說過的話都感到驚訝。我似乎在夢囈，或處於奇特的靈魂出竅狀態，甚至幾近於某種「說方言」[62]。妳將此視為我給予派勒自由意志、使他成為獨立個體的反映。妳在從艾蘭道爾回家的車上要求我多談談葛瑞絲·西希莉的徒步健行之旅，就是想多啟發這種特質；妳

62 為一暫時性的精神狀態，意指流暢地說類似話語般的聲音，但發出的聲音無法被人理解。

想讓我回到妳在追思會上如此喜歡的角色。我的這些面向——包括派勒，包括葛瑞絲・西希莉健行時的旅伴——使妳選擇一路跟著我回到奧斯陸。

我們就這點聊了許久。妳說，妳在後庭餐廳挽留我，是想多認識我——或者說，進一步觀察我。妳用的這個措詞很不尊重人。根據心理治療師的角色，妳有一定的動機多跟我交談。在從艾蘭道爾返家的車上，妳想藉機拉近與我和派勒的距離。我們共同構成一組有趣的「小集團」。妳就是這麼說的，小集團。

還有一件事。在安德雷的追思會上，妳再度拯救我免於丟臉，而這也是在妳遇見派勒之前。妳也和我一同去到那座位於挪威南部鄉間的小鎮。

當我提到這點時，妳也露出微笑。妳說：因為妳察覺我已經繞進死角了，才出手解救我。關於這最後一件事、也就是我陪同妳參加追思會，是因為妳覺得自己在回到奧斯陸以後有必要稍微回應一下，才賦予我這個角色。

《傳道書》寫著：一切自有時。現在，否定這句話的時候到了。

回應一下，我想。但也僅止於此。

可是我認為：這太便宜了。

我們走下最後幾座矮丘，來到卡貝爾沃爾。我這天過得相當糟，依然覺得自己說話遲緩；妳說妳也很累。但這時，就我來看，妳的言語非常靈活、通順，幾乎就像在跟派勒聊天那樣。

我試圖平心靜氣地吸收妳說過的話。假如稍微換句話說，我不過就是那個和妳姊姊一同下到歐蘭德峽谷、並溫文有禮地描述葛瑞絲・西希莉及其博士論文的優雅男子的陰影。事實上，我既膽小又怯弱，只不過是自己手上傀儡戲偶的一道蒼白映影罷了。

我只是讓派勒活出生機、能臨機應變的先決條件而已。我所能為史柯蘭多先生所帶來的榮耀，也只是相當於孕育一叢玫瑰所需的向斜[63]地層。沒有土質分類，就沒有玫瑰；但一切也僅止於此。

行文至此，我想到：在這段文本稍前的某一段落，我寫到過玫瑰。當我還是青少年時，我曾指著皇宮花園的一叢玫瑰，道出摘錄自《奧義書》的幾個字：*Tat tvam asi*。我說：「這就是妳！」

我始終聲稱，我和派勒是兩個不同的人，而我也非常仔細地強調派勒的自主性。然而，根據不二論哲學，要是我將派勒套上手臂、用一根手指指著他、表示他就是我，也完全沒錯。在最深入的本質上，派勒**是**我，我是派勒，我們大家都是我們生活、棲息、居住的這個世界。這可能很難理解，但卻必然依循不二論哲學的*advaita*，也就是「非二」原則。派勒

63 Syncline，為一種地層排列方式，屬於良好的儲水構造。

非我、我非派勒，只是幻影、魅術罷了。

我捫心自問，有朝一日是否能說服妳相信這點。有一天，我也許會試著這麼做，但我懷疑自己能否成功。

妳只看見玫瑰，而沒看見玫瑰的根。妳看見傀儡師手臂上的傀儡，卻看不見傀儡師。

我們坐在卡貝爾沃爾廣場旁那家舒適的餐廳，點了酒與餐；妳在此才表明妳的來意。總之，我在這天下午已經通過一道非正式的學位論文口試；此事意義非凡。

妳這輩子都致力於傀儡劇場的工作；妳在執行心理治療工作時，也使用過傀儡戲偶。現在，妳想帶派勒——當然，還有我——到斯洛伐克參加某種傀儡劇場節。妳專程從史塔松德趕來，就是為了和我與派勒談這件事，而且事情開始變得緊急。要是我們想參加，後天就得從奧斯陸啟程前往布拉提斯拉瓦[64]。

妳問我是否會說德語。我喝下幾杯白酒，彬彬有禮地伸出雙臂；「那當然，親愛的夫人！」我說。我覺得，妳喜歡開始達到巔峰狀態的我。

妳問起派勒的情況。他也能說德語嗎？

我笑了。我不知道自己有多久沒笑得這麼開心了。我說：派勒的德語比我好得多。我說他完全不需要多想，各種與格和假設句如夢般舞動，一切從他身上源源不絕地流出。

我的好心情感染了妳，並向妳擔保我樂意說德語；但是當派勒在我手臂上時，我努力避免這麼做。因為要是我這麼做、漏講了某個與格或所有格，派勒就會打斷我、惱怒地吼起來。

我們搭計程車返回斯沃爾維爾，氣氛非常愉快。裝著白酒的玻璃杯宛如軟膏劑，覆蓋在昨天威士忌酒瓶留下的傷口上。今晚，妳沒有再次要求將派勒拉出背包。

進了旅館，妳倒頭就睡。妳已經睡了好幾個小時，而我再度埋首於筆電前，把我的故事寫完。

所以，亞格奈絲，輪到妳了。妳讀到這些文字時，就會知道我是誰。我已經決定：明天妳一早醒來，就可以讀到所有內容。我就寢前所做的最後一件事，就是將這一整份編年紀事寄到妳的電子信箱。

假如妳在讀完後依然認為我就是這副德性，後天我會很樂意一同前往斯洛伐克。派勒也很期盼這趟旅行，他已經迫不及待了。我想他是個快樂的男人。從霍爾鎮土裡土氣的湯博拉到布拉提斯拉瓦，對一個傀儡戲偶來說可是趟遠行。

派勒強調：他會盡可能地聽話、守規矩。但我不能為他做出任何擔保，這妳也親身體驗

---

64 Bratislava，斯洛伐克首都。

過。如果他沒有這種特質，妳可不會為他如此傾倒。

妳所崇拜的是派勒，而不是我。現在，我已經接受了這個事實；針對這件事，請妳不用感到任何愧疚。我會為你們倆加油的。

喬斯坦・賈德著作年表

《賈德談人生》（Diagnosen og andre noveller，1986）

《沒有肚臍的小孩》（Barna fra Sukhavati，1987）

《青蛙城堡》（Froskeslottet，1988）

《紙牌的祕密》（Kabalmysteriet，1990）

《蘇菲的世界》（Sofies verden，1991）

《依麗莎白的祕密》（Julemysteriet，1992）

《Bibbi Bokkens的魔法圖書館》（Bibbi Bokkens magiske bibliotek，1993）

《西西莉亞的世界》（I et speil, i en gåte，1993）

《我從外星來》（Hallo? Er det noen her?，1996）

《瑪雅》（Maya，1999）

《主教的情人》（Vita Brevis，1996）

《馬戲團的女兒》（Sirkusdirektørens datter，2001）

《橘子少女》（Appelsinpiken，2003）

《將死》（Sjakk Matt，2006）

《黃色的Dwarves》（De gule dvergene，2006）

《庇里牛斯山的城堡》（Slottet i Pyreneene，2008）

《問題》（Det spørs，2012）

《安娜：關於地球氣候與環境的預言》（En fabel om klodens klima og miljø，2013）

《安東與強納生》（Anton og Jonatan，2014）

木馬文學 122

寂寞傀儡師
Dukkeføreren

作者　喬斯坦・賈德（Jostein Gaarder）
譯者　郭騰堅
主編　張立雯
行銷企劃　廖祿存
電腦排版　極翔企業有限公司

社長　郭重興
發行人兼出版總監　曾大福
出版　木馬文化事業股份有限公司
發行　遠足文化事業股份有限公司
地址　231新北市新店區民權路108之4號8樓
電話　02-2218-1417　傳真　02-8667-1065
email: service@bookrep.com.tw
郵撥帳號　19588272 木馬文化事業股份有限公司
客服專線　0800221029
法律顧問　華洋國際專利商標事務所　蘇文生 律師
印刷　成陽印刷股份有限公司
初版　2018年1月
初版2刷　2018年1月
定價　新台幣300元

ISBN 978-986-359-490-1

國家圖書館出版品預行編目(CIP)資料

寂寞傀儡師 / 喬斯坦・賈德(Jostein Gaarder)
著；郭騰堅譯. -- 初版. -- 新北市：木馬文
化出版：遠足文化發行, 2018.01
面；　公分. --（木馬文學；122）
譯自：Dukkeføreren
ISBN 978-986-359-490-1（平裝）

881.457　　106024530